惠风·文学汇

（第二辑）

守望岁月

"惠风·文学汇"丛书编委会 编

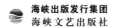
海峡出版发行集团
海峡文艺出版社

目录

铁质一样的古村

简福海

　　出福州城，沿闽江流向，往东，再往东，与河流一起寻找入海口。

　　确切说是要去见一个叫闽安的古村。古人法度严谨，对一人一地命名尤为讲究，从这两个字里，即便你再偷懒，望文生义就可大致了解蕴含的殊深之意，并涌出"锁钥""咽喉""关隘""津要""门户""天险"之类的具有隐喻的一干词语。"两山如门，一水如线，而闽安镇缩其口"，明代董应举三言两语就将"闽赖其安"的地理优势交代清楚。事实上，在宏阔的历史景深里，这个不大的村子摆出的也通常是一副"我若安好，闽便晴天"的神气面孔。

　　一条河的行走，对大地充满妥协，画出的

总是弯弯曲曲、宽宽窄窄的轨迹。然而，妥协中又常见智慧，一截河段的大收缩，有时就是大铺展，譬如闽江下游末段，就把自己的力量迸发于最紧要的关节处，尔后义无反顾地冲决入海，扯开一片更为广阔的历史舞台，作为附带的意义，河边毗连的群山寸土便有了安镇闽疆的至高地位，有了兵家必争的万千荣宠，有了千年古村的发轫兴衰……

史料言之凿凿：从唐代中期以来，这个集镇就已繁华耀目。其间落墨于此的诗篇虽寥不可寻，但这并不能佐证唐时明月黯淡，毕竟地处东南一隅，鲜有大文豪的航船路过或登岸，即便偶尔从远处刮来或本地生长一些诗词歌赋，估计也如滴水，瞬间淹没在滔滔浪潮里。

然而，这个村千真万确从中唐就开始迈开大步，背后的推动力来自巡检司的设立，那是唐景福二年的事了。从这一年开始，闽安成为闽江口一带的行政中心，监纳商税、维护治安、行政管理，一样不落，不繁荣都不行。到了宋朝，更见兴盛，市列珠玑，户盈罗绮，此时的诗吟曲唱流泻出的，亦是钟鼓齐鸣的铿锵和浮花璀璨的繁盛。如闽安村官赵与滂在龙门摩崖抒曲壮怀，诗刻"粘天三级桃源浪，平地一声雷震时"。南宋进士郑昭先也写下"鳌顶峰高障海流，天开胜概冠南洲"的豪迈诗句。到了清朝，内忧外患，诗文的主题又偏转至江山社稷，林则徐在五虎门发出的"天险设虎门，大炮森相向……唇亡恐齿寒，闽安孰保障"的叩问振聋发聩。闽安贤达林述庆诗吟"腊酒香中觅故居，前尘回首梦何如""大好前程换战尘，六朝风月伴吟身"，在乡愁如丝如缕之外，更多的是胸怀锦绣济天下、心含壮志报家国的豪情万丈。

笔触无法抵达的地方，一些具物能以春秋笔法书写历史章节。比如那座具有铁石之坚的迴龙桥，就可驮您回到唐朝。唐天复元年，王审知现场办公，大手一挥，历经三年，长虹卧波。当然，佳声美誉传千载的王审知，功德美名不需要这座桥来映衬和加分，但迴龙桥的诞生与这位"宁为开门节度使，不作闭门天子也"的开闽圣王发生关联，也是幸事一桩。至于为什么叫迥龙桥，会是"迥港上一条巨龙"的赞誉吗？——某些字句总是恁惠性地在脑海里制造猜度和联想。及至南宋嘉熙年间，暮年归田的郑性之捐资修葺迥龙桥，竣工后从"飞架古桥为哪般，盖世恩德终当报"各拎首字，将须手书"飞盖桥"。末了，他还在左右两侧挤满两串文字以示爵名，字体庄正，格调高迈，缓慢移动的笔锋灵韵饱蘸一位白发老人行善积德时那份隐秘的快慰。"桥虽经历代修葺，但墩梁栏柱等仍是唐代遗物，保持唐代建筑风韵。"同样是白纸黑字的记录，如此说来，郑性之修缮并非伤筋动骨的大动作，可能只是在迥龙桥的基础上做些桥面的修修补补和个别关键部位的完善加固，却捞了个如此风雨不泯的碑记名留，倒也是桩合算的买卖。

此后，四百多年的风吹雨打，桥又倾圮得不成样子了。清康熙十六年，闽安副将化守登为修桥大大折腾了一番，并请人勒碑"沈公桥"。文字像哑语，指示求索的方向。循着"沈"字，后人常错将修桥的功劳记在闽安协镇沈河清头上。其实，碑上"惠德留思"字样提示此为"去思碑"，是化守登借一桥一碑表达对前一年刚刚遇害的沈阳人氏、福建总督范承谟的敬仰和缅怀。化守登有"西镇边口，东镇海口"之宏誉，却主动让名于前贤。从这点上说，他远比郑性之谦逊低调，忠义可嘉。我甚至怀疑闽安三十六景的"邢港九曲""沈桥夜月"在自然景观上未必有多美，只不过经过这些历史元素温情脉脉地注入和包装，得以敷饰中华传统文化的光芒而格外迷人。

近年，不少研究者将目光转向"海上丝绸之路"的考释，辟海通津，牵丝弄瓷，这座沧桑的石桥及闽安古港、古渡作为"海丝"的史迹遗存，又抵达了另一种高度。当年，郑和远下西洋的部分船队，有六次驻泊闽安伺风出海。近水楼台，过江蛟龙般的闽安水军成为郑和西洋船队水手的重要补充，洋阔水深的五虎门下则成了船队放洋扬帆的不二良港。那时，樯桅上举，擎着属于它的高度，闽安水军就是从这里挂帆启程，去拓宽一条叫"海丝"的路。

与迴龙桥、古渡碑一样,固执地揳进历史深处的还有那些坚船利炮和刀光剑影。

宋代战乱频仍,环星拱卫闽安的是蚴蜞洋的登高寨、石龙山的龙台寨、乌猪岭的乌猪寨、白眉山的鹦哥寨、鼓岭的牛头寨等。这些寨子各居险隘,互为犄角。闽安担惊受怕地窝在低处,想必不会忘记那白日燃烟、夜间点火的瞭望预警。及至元代,防御工程升级,在田螺湾与金刚腿之间拉起了一条碗口粗的铁链,在磨轴车的推卷下收放自如,有警拉紧,铁索横江,无警放松,粗链沉底。而在明代延续两百年的时间里,闽安成为抗倭的主战场,矗立在这段时光深处的是戚继光出生入死的伟岸身影及筑石垒就的四座寨城。此外,黎鹏举率师血战,以八战八捷的功绩换来了福州官绅在乌石山蟆头岩上镌刻"乌石在,黎公在"的不灭记忆。

到了清代,郑成功抗倭事迹也是班班可考的。那邢港与闽江交汇处突出的转湾鼻,早已更名为"郑爷鼻";他当年的停舟之处,被唤作"郑舟进";当年饮马的宋代石槽,至今安放在协台衙门……这些后人眼中的关于这位国姓爷的符号，证明他与闽安的深厚渊源。

成功，既成之功也，是南明唐王隆武帝赐的名。我喜欢如此霸气满满的名字，字形、读音都流淌出隐秘的期许。他亦不辱雄名，运筹帷幄，将闽安作为抗清据点，呼啦啦北上，气昂昂南下，风帆过处，密集的炮声、呼号一路响过去。

历史存心要捉弄他，其间冒出了父亲郑芝龙拥兵不起、接受招安的事，搅得他心神不宁，也搅浑了一锅历史。因与父亲决裂这一变故，他的个人史纠结着国仇家恨，成了谜一样的复杂人物。回到史实本身，当年清政府对郑成功痛恨有加、无计可施之际，不得不祭出感情牌，让郑芝龙亲修家书劝降郑成功。郑成功展纸磨墨，挥笔如挥刀，赳赳武夫，信倒回得洋洋洒洒，有理有据，但兜来兜去，含糊其词，令人捉摸不透其内心意图。其后，郑成功与清廷及父亲、弟弟之间又反复笺来信去，彼此进行着假情假义的演戏，平静的字行下全是黑暗中的较量，满蓄风雷。他倒也不是无视父亲的血脉情缘和兄弟的冷暖安危，只因心中一团火，守着抗清誓言不灭，且有辎重丰足、兵甲精锐的自信。当然，最关键的是，他拥有了占据闽安要塞的筹码，那里有着隐含的威胁，能让对方惴惴不安。所以他与清廷谈判时气场强大，满怀坐实江山的期待。

这年八月，他遣主力进攻浙江台州，只留下弱兵五千镇守闽安。福建陆路提督马得功瞅住时机，领七路兵马"水陆并进，昼夜攻击，连破七城堡，遂克闽安镇"，史书对此慎笔载述，详细无遗。当郑成功掉转船头退向厦门港时，整个大清历史也就朝着另一个方向紧锣密鼓地进发了。

好不容易才从郑成功手里夺来具有重要战略意义的闽安，马提督喜不自胜，但毕竟是一军之帅，没被胜利冲昏头脑，反而深谋远虑。翌年，马得功就率部在闽安废墟上，大兴土石，高筑城墙，将防御点延展提前至城外的江边，让敌方力量无法瞬间冲击要害和卷入核心。

这项防御工程说大也大，"城墙长三百三十二丈，沿江而建，每隔十米设一炮位，闽安城里街、协台衙门、城隍顶总炮台均在墙内，威武壮观"；说小也小，因石头就地取材，当地盛产的花岗岩，纹理致密，坚硬胜铁，色白如梨，前面提到的迴龙桥用的也是这些石头，所以筑墙时能大大减省舟车远运的劳乏和掣肘。从他的揭帖看，他对这堵铜墙铁壁还是比较看重和得意的。"今职复奉督臣酌议，广拓镇城，接于后山（闽安城隍顶凤髻山）。其镇外五寨，毁三存二，增修完固，以为犄角。""职躬亲土石，将镇城内外修备完固，事竣回省。"疏报内容要义指向修建的前因后果和个中艰辛。后来，这座石头城也没辜负马得功的美好初衷，在歼灭海盗、鸦片战争、马江海战等历次闽安保卫战中屡立战功。直到抗战号角吹响，城墙被拆以填塞闽江口，筑就水下长城，阻止日本军舰进犯福州。坚固的石头城墙以这样的方式默默倒下，却又构成了另一种屹立，岿然不动。

写到这，清朝的历史尚未落幕，那也不必

那么着急绕过郑成功——他毕竟是属于那种羽翼随便一张，就能给清朝投下偌大一片阴影的风云人物。抗清是郑成功不朽的功绩，他还有另一个被后人津津乐道的英雄事迹——收复台湾。他曾以联明志："东海望台澎，风景不殊，举目有河山之异；南天留祠宇，雄图虽渺，称名则妇孺皆知"。沿海的子民，长年累月经历风吹浪打，注定是亮烈难犯、风起浪涌的，包括闽安人士在内的福建两万五千名子弟积极响应他的号召，乘数百舰船，渡海东征，驱荷复台，结束荷兰侵占台湾三十八年的历史，功勋赫赫。

说到台湾，同治十三年，沈葆桢也曾挥师跨过那湾海峡，临行前"裹革而归"誓言铮铮，他明白即将面对的是雌伏以待、气焰嚣张的日军。炮起烟飞，随之赴台的殉亡将士一百三十五名，骨灰入罐，归葬于闽安虎头山。这些来自各地的将士从马尾出发，将身体打造成最坚硬的金属，化为炮灰何足惧？墓碑很小，横排纵列，字迹斑驳，但"闽侯""同安"等字样还是细睹可辨的。孤魂野鬼，惶惶寂寂，曾经很长一段时间，疯长的荒草成为渲染苍凉的一个背景，来来往往的海风看不过眼，忍不住停下脚步，一圈圈绕着义冢群呜咽悲鸣。现在，历史苏醒，万物起身，常有人前往凭吊，尘世隔绝的问候能否抵达逝者的世界，无从可知，但英雄身后泱然的世界里，长存金箔般的阳光照耀和春天般的目光仰视，如此他们的灵魂才能安息，我们的内心也才得以安宁。

柔软的江水包围的古镇，宛如一整块烙铁，当被战火烧热烧红，几近融化之时，突然又淬火冷凝下来。冷却成街道纵横的繁华集镇，凝固成依山面海的平静村落。这里成了安居乐业之所，人们马放南山，铸剑为犁，一代代休养生息，安定得仿若一个梦境的定格。

浮云聚散中，生活于斯的子嗣，也像海水一样，时而从天边涌来，时而又向远处荡去。因为战乱，故土支离，闽安村上出没生息的人本是一个乱世的家族，他们的祖辈也许就是某棵流浪的植株。

云山苍苍，天风浪浪。在历史的风云激荡

中砥砺前行的闽安人，早已承袭祖先勇于开拓的基因和海洋辽阔动荡的性情，浑身是胆。许多龙精虎猛的青年从这里相继离开，以熟带生地离开，拖家带口地离开，呼朋引伴地离开，蹄急步稳地离开，到外面的世界去寻觅精彩……背井离乡的特质构成了村落繁华萧条互相交缠的背景，丢下一座又一座铺着白梨石的空房子，在清寂中默然打量自己的前世今生，拥抱着来此逃避喧嚣的心跳和探访古意的跫音。

白梨石不会发黄，而天上的月亮会泛黄。故乡，海边的故乡，带着深渊般的蓝色，是谁的忧伤郁积？闽安，梦中的村子，这战燹层叠锻铸的坚硬铁块，在人群的逃离中已然布满锈迹。"船到迥龙始到家"曾是戍台将士的忧伤，随着邢江波澜起伏，从远年涌流而来，形成新的浪头，溅湿每一位在海外打拼的游子。这些土生土长又插翅远飞的热血儿郎，他们精神不钝、记忆不锈，于他们，闽安二字注定是一场相思，那里有着水不扬波的邢港，有着风雨不摧的迥龙桥，有着出门前还烧过香、祈过愿的圣王庙与观音阁，有着白发高堂、陌生的儿女以及丢失的乳名。他们能做也必须做的，便是让存款数字或声音影像从千里之外呼啸而来，化成一个山重水隔的支撑和牵挂——那是无数不在场的生命隔空喂养另一群生命！这番割不断的血脉情缘、淡不去的温暖柔软，消减着江村古巷潮一般涌起的凉意和铁一样隆起的坚锐。

置身旷静古村，虽是斜阳草树寻常巷陌，然而江风海浪从遥远的地方一路奔来，穿过村子，卷裹着村落里一草一木间潜藏的豪气，继续向前，向前，气吞万里如虎……

埭尾：闽南水上古厝群

苏水梅

龙海市东园镇埭美村有大片的古民居群。午后三点的日光，已经有些柔软，车子从东园路口往镇政府方向开，一望无际的农业示范园逶迤而来，绿色的农作物鳞次栉比，远处青山如黛，近处鸟鸣依稀。偶尔几只白鹭悠闲低飞，白鹭的白，是内敛而优雅的，点缀着耀眼的绿，让人以为误入桃源。埭美古民居在九龙江南溪畔，距沈海高速公路漳州港出口仅两千米，与厦门和龙海石码遥遥相望。

这个村子远比想象中的豪迈。车子停在村口河边的榕树下，河里一条很小很旧的船，空荡荡地对着岁月，橘色的日光，斜斜地照着两百多座明清的老宅，村子里行走的人，有些慵懒、有些寂寥……

来埭美之前，我是做过功课的，听很多人说过这是一个很有历史和人文底蕴的村落。埭美古民居群是陈姓的集聚地，全村都姓陈。埭美人一直以来对前辈都相当推崇，除了"开漳圣王"陈元光外，村民们最津津乐道的要数南宋理学家陈淳了。

福建，秦设闽中郡，汉初封闽越国。汉武帝出兵灭闽越，将闽地人口尽迁去江淮一带，闽地遂虚，此后的开发遭受巨大打击，偌大的闽中地区只一个冶县，只有极少数人躲藏山林，继续生活、繁殖。福建的开发到三国时虽有进展，但经两晋、南北朝至隋、唐初，仍为蛮荒地带，称"蛮獠"。唐垂拱二年，岭南行军总管陈元光，获准在泉州（治所在今福州）与潮州之间增置一州，定名漳州。

陈淳是南宋时期的思想家，是一代理学宗师朱熹的亲传弟子，也是闽南理学的开创者。绍熙元年四月，年逾六旬、思想成熟的朱熹以理学大师的身份又一次来到闽南。从此，这位著名的理学家便和漳州有了千丝万缕的关系。他在任期间,崇儒兴学、整饬吏治、发展生产、改革风俗,促进了漳州经济文化教育的进一步发展。朱熹在漳州任官虽只有一年,但对漳州产生了深远的影响。历代都把朱熹到漳州任知州,看成漳州文化发展的里程碑,认为在这之后漳州才逐渐成为"海滨邹鲁"。

陈淳,从小习举业。二十二岁时,东溪高登门人林宗臣指点他说"子之所习,科举文尔,圣贤大业则不正是",并传授给他《近思录》,从此他才知道有濂溪、明道、伊川与当今大儒紫阳朱熹之学。在以后的十年中,他大量阅读了周、张、程、朱的主要著作,萌生往武夷访师受业之心,但一直没有机会。绍熙元年十一月十八日冬至,陈淳带《自警三十五首》,登门叩见朱熹。陈淳从此成为朱熹学生,专攻理学,著书立说,大力弘扬师门。

明景泰五年,陈元光第三十一世后裔陈仕进在埭美开基立业。据说最先开基的地方位于万丁河区域,后扩展至头前河区域。陈仕进要在扩展的区域内找一块地建一座房子，对各块地进行了一番探查，发现有一处地面比周围稍微凸起，觉得这块地不错，就在那里建起了房子。

明末清初，陈氏家族出了不少有功名的人，各级官员往来频繁，为了接待需要，族人商定修建一座房子作为官厅，用于日常的接待场所，并在官厅的门前留有旗杆的位置，谁家要是出了显赫的人物，立旗杆彰显高贵，以光宗耀祖。

古厝的布局合理、整齐划一，横是横，竖是竖，像等待检阅的士兵，让人一眼望去就觉得赏心悦目。一位慈眉善目的老者坐在屋檐下，他告诉我们："古厝群中近一半是明代时期建的房子，一律坐南朝北，而近代建的一律坐北朝南。"凡是族群里的大事都要由长辈拿主意，由族亲推选出年长者作为族长，制定村规民约，处理族群中的事务。比如：无论哪家发家致富要建房子，必须由族里统一规划。因此，后代建的房子都按原先的建造风格，即砖木结构、红砖砌成的墙体、红色屋瓦、硬山式曲线燕尾脊，在头前河对面第一排又建了五座房子，均是坐南朝北，以表思亲之情。这样，后祠堂前面就建成九座房子，从村头到村尾。然后依照先前的做法，对照前面九座房子，依次建三排，坐向全是坐南朝北。民国时期，陈氏后代所建房屋依然模仿前人的风格，只不过坐向改为坐北朝南。如此一来，两部分房子背对背，因此形成了明显的分界线。此外，排水沟的铺设也是很有讲究，南北低、中间高，西高东低，排列十分整齐，有利于雨水快速地排入河流。时光悠悠，沧海桑田，村子里的人恪守祖先留下的建筑格局的遗训。一座座古厝均是硬山顶砖木结构，外观仿宋造，左右有机衔接，屋顶以曲线燕尾式为脊，似有无数燕子栖息于此，并自顾呢呢喃喃。石墙红瓦，室内的木雕、砖雕、泥塑、梁拱、窗花，有山水、花鸟、人物，独具匠心、工艺精湛。贴金多有磨损，依稀可见当年的富庶。

"有埭美厝没埭美富，有埭美富没埭美厝。"这句话流传已久，意思是说，你可以看见像埭美这样的厝的地方却没有埭美富裕；有埭美富有的地方也没有埭美这样的厝。陈家前祠堂作为埭美的标志性建筑，如今也成为游客们了解埭美的一扇窗口。陈家后祠堂更是神奇，据说出了个"蜘蛛穴"，即使是夏天，你也在屋子里都寻不见一只蚊子。

穿行在傍水而立的民居中，行走在巷子里，触摸着斑斑驳驳的墙，岁月似乎诉说着特立独行的幽深故事，一只小黄狗波澜不惊地走着，几只水鸭子在房前屋后的水沟里觅食，丝毫不在意人们注视的目光。一株兀自绚烂的三角梅，一些旧物，一行行清晰可见的毛主席语录，一块块可供休憩的石板……黄昏漫瓦檐，旧日时光似水流转，瞬间已百年。

埭美古厝最大的特色是水环村绕社，整片古厝群如同置于水中，恍惚之间会有海市蜃楼漂浮于河面之上的感觉。有人说：埭美的水美，美在神韵。从空中俯瞰，埭美村四面环水，河港水流纵横交错，内河港蜿蜒绕村而过，像一条长龙盘旋住古厝群，形成"港环村，村绕港"

的独特景观，使埭美这块小岛屿犹如漂浮在水面，成为名副其实的"闽南周庄"。富有亚热带绮丽风光的漳州母亲河九龙江是仅次于闽江的福建省第二大江，有北溪、南溪、西溪三条支流。埭美村水通南溪、西溪，是一片水上古民居，像一颗璀璨的明珠镶嵌在九龙江南溪河畔。一叶扁舟就能把你摇到烟霭缭绕的三王公庙。这三王公据说是被大水冲到村子附近的河道里，善良的村民们虔诚地拾回来，供奉起来。村里有几百年历史的榕树就有三棵，最让人惊叹的要数"功劳古榕"了。榕树跨江而过，下大雨的时候，村里的人就把榕树当成桥，榕树也因此而得名。在时间的树枝上，风在栖息，雨还在睡眠，一颗于尘埃之上困顿的心，一点一点苏醒，一点一点轻盈。终于，你觉得心像一只鸟一样飞起来，越飞越高。

埭美古民居是"闽系红砖建筑"的典型代表，是闽南文化的重要载体。它集中体现了闽南人民的生活方式、思想意识、民俗文化及建筑技艺，是闽南文化研究的重要依据。红砖建筑的发展和影响与"海上丝绸之路"的兴起与繁盛紧密相关。闽南红砖建筑随海上贸易的发展传播到东南亚，影响区域内人民的生活方式与民俗生活。红砖建筑作为"海上丝绸之路"重要的物质载体，也记录了中国闽南海洋文化发展的珍贵历史。

龙海埭美村或许是可以让你不觉得自己是游人的地方，因为你不必按图索骥，只需随意走走，便能不经意闯入他们的生活。埭美村也是适合雨天游览的地方，相邻的古厝的边门和边门正对着，只要家家户户把边门都打开，一条从村头到村尾的快速通道就连接成了，遇上下雨天，村子里的人不打伞行走于村中也不会被雨淋湿。若是雨细细密密下着，热情的村民引你入座，喝茶、听雨，或者踏着青青的石板，流年光影便不小心挥霍了。人在这里，有了一种对陌生的向往和对生命抵达的渴望。

唤醒村庄

小　山

　　唱吧，林鸟！流吧，溪水！长吧，树叶！

　　被你们遗忘的人却忘不了你们。

　　　　　　　　——（法国）维克多·雨果

　　想不到，在御帘村，我与哲学先贤张载"相遇"。

　　中国古代哲学思想里，老子《道德经》之后，我比较欣赏和认同的世界观及社会伦理主张，就是张载理学了。我在大学学的是历史，选修课程时有一学期关注中国古代思想史，对理学各位代表人物粗略了解。但我绝不知道，北方的张载后裔血脉的一支后来繁衍在南方福建崇山峻岭中，七百年间偏僻地栖息在山坳而怡然自乐。

2013年10月，秋光潋滟时节，我和几位作家同行从明溪县县城出发，进入绿色迷宫似的群山，婉转起伏，车行山路，越过重重绿色屏障。正不知所终时，这个古朴的村落出现在我们面前。

御帘村很小很小，与其说是巴掌大点儿的小村，不如说它像一片温润的南瓜叶子静卧在山脚下面，仿佛隔世，"无论魏晋"。由于四面环山的缘故，山坳里的寂静只剩下天籁了，就连溪流也安宁无声地流淌。我们驻足村口，只听得见响亮的蛐蛐叫，好像这个小村即使在白天也处于酣眠中……如果不惊动它，它的梦境和外界联系微微。

然而，人家却告诉我：这可不是个名不见经传的普通村庄——御帘村是由皇帝赐名的。不但古时候村里人见识过皇帝模样，文天祥这样的大英雄因此为之赋诗；就在不远的近现代史上，村中也出入过彭德怀、杨尚昆、滕代远，在安营此地的东方军司令部指挥作战。

我是不太多想皇帝或者军事战将如何的女人。尤其活到了现在，我认真面对的是：人怎样返璞归真，过纯朴的自然生活。在我看来外表再怎么华丽，也不能胜过内在的朴实，包括为人处世上，也还是老子《道德经》里那句话说得好："不欲琭琭如玉，珞珞如石。"朴实不是简陋，人做到朴实也需要某种根基，所谓大象无形来自浑然天成，但其实内蕴有很结实的东西，不是凌空蹈虚。我理解的这种自然生活，也不止于清心寡欲、淡泊宁静，而应有一定的含金量。这含金量，大富大贵不一定带来，需要传承和发展某种有价值的生存精神，有利于当下，也能有益于子孙后代，这就是生生不息。

精神上的东西也许难以换得财源滚滚，可唯有精神阔大，才是赋予生命最好的能量，让我们活着能避免沦落于荒芜甚至衰微。皇帝会败走，战火会熄灭，一代代继承的精神价值却如同江河日月，是民生最需求的支撑。这样想着，每次进入人群中，我都不自觉地搜寻人们显现出来的精神气象，如果一群人或者一个人精神不对劲儿了，也不敢指望其生存的正能量有多大。我认为，真实地返归纯朴，不仅仅体现在"采菊东篱下，悠然见南山"，什么都不想了——不少的人身处这个境地，又往往几近消极避世了。正确的思悟，才可以把人带入阳光中的生活，自由又健康，成为世界上富有生机的一部分。

讲这些不是废话，我觉得实在跟御帘村有关。或者说，御帘村被我们进来的脚步惊动了后，假如我们想善意地唤醒它加入旅游业方阵，应该提示自己究竟看御帘村哪种风景为妙而不虚此行，看御帘村的存在，给我们的生存启发是什么。

不在于是否皇帝赐名和曾经藏龙卧虎，这是历史瞬间的表象价值。我更在乎御帘村的那种看不见、摸不着的精神传统是否还在，使得这个村庄不同于其他的村庄。从另一个角度说，一个普通的山村，能得到皇帝赐名并且曾经藏龙卧虎并非偶然现象，而是存有某个因果关系，该有那种无处不在、无时不在、代代相传，浸润了人心的民风，成为幸运产生的土壤。这村庄里的人们，其实一直过着生动无限、包孕灵魂种子的生活。

看御帘村要看细节，体察它的文脉，领会它的"软实力"。我在村庄里溜达，见到一些成熟的大南瓜——让我们再想想南瓜花和叶子吧。

村里常住人口只有两百多人了，而且都是老幼。有五百多人到村外去了，或者进城打工，或者出国赚钱，御帘村人也紧跟着时代步伐，他们并非深居桃花源"乃不知有汉"。但让我欣喜的是，看到的老人个个笑容疏朗，见到外来人时流露出善良和温热的表情，而不是萧条和萎缩。正如村干部说的，这里人生活幸福指数很高。

村干部还说，就是今年夏天，御帘村还有一位学子从北京大学走出国门，成为哈佛大学法学研究生。近年来，御帘村考入高等学府的大学生有十多位。

看来，御帘村虽居于深山中，却一直在时间长河中表现不俗、气度不凡啊。

　　溪流淙淙在村中蜿蜒，流水中有鱼儿，河面上有蜻蜓，水畔人家栽种稻谷和青菜。村落被山岭环抱，山腰是翠竹，山顶是古杉，山根房屋前有五百年紫薇和三百年桂花。适于人居不用说了，大自然在这里同样馈赠人以富足，竹笋、红菇、枇杷、橄榄……走进村里，在房屋之间穿行，一座座黑瓦木构房子，瓦楞间长青草，石墙上有青苔，古驿道两旁野生蒿草的小花儿微风中摇晃着色彩。村民们或者肩挑胳膊挎，忙着务农，或者年迈悠闲地坐在屋门口，一种纯朴的美感自然而然存在。村里人几乎一律张姓，他们都是张载的后代，七百年中这个族群出现过载入史册的人物，保留有古老的节庆方式和客家民俗，竟然还传下来宫廷打击乐《十二换》乐谱和演奏方法，还有北宋时期的木廊桥、南宋时期的天眼井、石板桥至今可用，匪夷所思。明溪县作家协会主席黄明生在他的散文《一个美丽的地方》中写御帘村"石头是山的耳朵，是山的灵魂"——我见到这石头竟然是一条布满风雨斑痕的石头鱼——"御帘的石头还告诉你学会稳重，告诉你人生中哪怕风再猛，雨再大，雷再响，也要顽强地屹立坚持，坚定地守望着晴空；告诉你人生中即使风再和煦，雨再轻柔，日再温暖，也不要停止奋斗的脚步"。这个概括对御帘的精神传统是准确的。石头鱼其实活着，它陪伴着御帘人，也随时能够游入御帘的溪流中……

在山脚风云古寺里，我见到张载被供奉在神龛的位置上。这座古寺，原来就是祖祠家庙性质的建筑，从最初张载后代始建这个村庄，张载及他的思想一直在这里如同灯光，照耀着村民的古朴生活。

我欣赏张载不同于一般的洞察力，在遥远的宋朝生活便能提出宇宙本原是"气"。看见无形的存在，是哲学的最高境界。

我更欣赏张载"为天地立心"的铿锵之声，建于无为与有为之间的桥梁是人之精神永存。

与张载理学一脉相承的精神风范，是在这个菜叶般鲜嫩的小村里，曾经竟有十二座书院活泼地矗立着，我真是难以想象这里好学之风多么兴旺！中国还有第二个如此偏远山村却如此崇尚学习吗？我们神思远游一下，那时的孩子们总共有多少？又有多少孩子因为书院的培养成为栋梁？一方土地被山岭阻隔，通向外界之路崎岖不平，远而又远，然则能在内部兴起读万卷书，让心灵不贫乏，若无了不起的继承与发扬，仅仅凭大自然作为依托，是不可能这么高瞻远瞩的。张载理学的精髓，是探讨宇宙本原，也探讨认识论。"大其心则能体天下之物。"这不是小富即安的心态。尤其他的社会伦理倡导，至今我们可见其高屋建瓴，比如"富者不失其富，贫者不失其贫"，觉察解决社会贫富矛盾问题之关键。因此，他能产生"为天地立心，为生民立命，为往圣继绝学，为万世开太平"的宏愿大志。这种思想的精华，影响了多少他的后辈担当国家之命运？

御帘村是个精神硬朗的村庄，有思想的筋骨在。

这是七百年留下的最好原生态，这样的思想生态村有核心文化价值观，就不单是大自然的山清水秀了。

纯朴的御帘，尚存纯朴的理学根基。

当这个村庄在新世纪被揭开面纱，以更饱满的美姿出现在世人面前；当理学观念已经被滚滚红尘淹没，即使在那些理学大家的故乡也见不到思想者的印痕时——我们渴望在御帘村里再一次听到书院中的朗朗读书声……

挂在山坡上的客家古村

詹昌政

将乐县万安乡的良地村是个偏远小村,三个居民点加起来,百来户,不到五百人。不过,可别小看它。良地村已有史近千年。《梁氏族谱》说:"玉祥公因避难,于宋皇祐辛卯徙居西乡良地放坪(上良地),六传至彦三公始迁居下良地。"它与泰宁县开善乡相邻,距城百余里,留存大量的明清建筑。新版《将乐县志》记载民谚:"县城有龟山,乡下有月山。"与大儒杨时并提的梁月山就出生在这良地村。

沿着田间古道从水尾进村,要走过一座木廊桥。它横跨良地溪,始建于清初,咸丰七年重修,为单孔木伸臂梁廊屋桥。黑瓦桥面,与对岸桥头的集灵宫,高低错落,掩映在溪岸的古木之下。对着来水方向，桥廊里建有六个神龛，分别供奉如来、真武帝、妈祖、许真人、萧公尊王、本坊土地福德神。

集灵宫在木廊桥靠村一侧，略高，与桥形成一体，锁住水尾。宫里悬一匾："神佛同宗"。宫前侧边一小庙，有说是阳公庙，有说是民主公庙。

过了水尾道庵区，沿着石砌的古道拾级而上，高大的樟枫、密集的矮灌，都让人相信，以前沿溪尽是森林。而今，公路切断古道修进了村，但也只修到村子的下方，似乎怕打扰了这个古村落。

沿着古道进入良地村，迎面的是家庙区。

此时，不得不赞叹良地的先人见识卓越：住房依山而建，或用石头垒高地基，或用木头撑起吊脚楼，整个村子就像挂在山坡上。全村按谷仓区、居住区、中心私塾区、家庙区布局，区间用河卵石铺砌的小道和台阶串联。放眼望去，山垅里垦出的平地都是稻田，老厝都在岭上，家庙区在水尾上方。

家庙区由文武庙和梁氏祖祠构成。文武庙，原名文昌阁，因增祀关公改名。它始建于明末，乾隆二十六年重建，分上下两层楼，上祀孔子，额题"文教昌明"，下祀关公，额题"圣之义者"。而当年的贞节牌坊，"文革"时打落一地，在文武庙前存有残余的石雕。

邻近文武庙的是梁氏宗祠。它又名裕启堂，康熙四十四年建，是梁氏宗亲祭拜祖先的场所，原先由主座、上下厅合院式建筑、前部院坪组成，后来以门楼、连排的仓房将过村的古道纳入宗祠范围，或许这可增强梁氏的权威？两座门楼，一左一右，一为"挹南山"，一为"迎北水"，分别以"秋霭""春露"呼应。南门之外，在黄土墙嵌有嘉庆十四年合乡公立的"禁约碑"，所述尽是为保境安民而订的各种约定。

再往前是居住区。这里街巷勾连、弄道相通，都是石铺小径，高高低低，将村子大致分为上下两片。民居多为土墙、青砖、黑瓦、木柱、板壁造就，因毗连成片，为避火灾，以防火墙、马头墙隔开。山地不平，民房多左右展开，以上下堂夹一个天井为主，门楼朝着公共街巷开放。天井都立着石柱花台，地面以卵石铺砌各式图案。条石门框、石铺庭院、石径、石沟、石缸……整个村落离不开石头的恩惠。

民居之外是谷仓区。良地人把谷仓与住房分离，是为防止家居起火而粮物同毁。这些谷仓或独立，或成群。仓前都垒石，填土，筑造平台，用以晒谷。有的谷仓甚至建有院墙。为了防火，由西北至东南建有涵沟，以毛石三面垒砌，长年通水，可堵，可疏，调节水流走向，遍布居民区和谷仓区。

居住区的中心多私塾。虽是小村，大户人家自设私塾也不少见。我在古厝的石条门框看见一联"天地间诗书最贵，家庭内孝友为先"，儒雅之态跃然纸上。

良地书香浓郁或与梁月山的教化有关。

梁月山（1778—1845），名彣，字维韬，号月山。他"幼年进私塾就学，青年时闭门读书……一边读书，一边设私塾教家族子侄"。若终如是，总不过秀才。如果不是游学经历，很难想象他能以大理学家扬名。

那是道光五年，四十七岁的梁廷游学福州鳌峰书院。这所名校，从全省择优招收秀才。当时的山长陈恭甫，以经学教授诸生，看重品行，"课士其严"。他与梁廷交谈之后，没有把他放在弟子之列，而是视为老友。

梁廷与比他小二十一岁的建宁籍著名爱国诗人张际亮同届，可能因为性格差异，两人并无深交。梁廷倒是与张际亮的好朋友——建阳籍同学丁汝恭，结为良友，切磋学问，后书信往来不绝。

梁廷推崇朱熹，认为"读书不应以制艺科名而满足，对学问应在道德养成上下功夫"。他擅长"心性"之学，著有《洗心图》，提倡"洗心克己""养气学文"，追求"持敬、穷理、省察、克己、扩充"的境界。

梁廷晚年多病。据说，临终前，他"叫家人把药物撒掉，从容静坐，手里拿着一本书，与家人谈笑如常"。丁汝恭闻讯赶到大山里来，为梁廷撰写墓志铭、立传，校对《月山遗书》四册并付梓——雕版至今犹存。丁汝恭还赋诗感叹："老成凋谢不胜情，天丧斯文未欲明。河岳英灵满宫阙，怜君皓首困诸生。"(《哭月山》)

梁彣没有子女，他的故居在村北山边路口，人称"月山公屋"。走进条石框就的大门——门联遗有"读书耕田"字样，里面照例是个天井，花台的植物绿得发亮，仿佛月山犹在。他留下了不少佳话：县内大饥荒，梁家每日吃粥，省出大米接济缺粮户。次年，有人讹言五谷仙降临，经他劝说，乡亲没有浪费钱财搞迎神活动……当然，他还留下著作二十三卷，入祀乡贤祠。

走马桂峰觅桂香

绿　笙

到桂峰时，雨停了。

车子沿着山间水泥路盘旋而上时，山脚下京福高速时不时闪入视野，提醒着我一个古老村庄与现代文明实际上已融为一体。然而，当在若隐若现的薄薄的水雾中走近尤溪县洋中镇桂峰村时，文化的凋零让我感到微微的心惊。村中的老房子都毫无例外地呈现出看上去无可挽回的破败之相，那些居住在老房子里的村民或许对于外来人的探访已习惯了，从他们漠然的眼神里并没有看到一种文化传承人的骄傲。只有修缮一新的蔡氏宗祠让人依稀可以看到作为一个文化古村所拥有的深厚的文化积淀。

然而，就是这些颓败的现存不多的老房子

还是为素有"山中理窟""云霞仙境"之称的桂峰打上了精美的注脚。据说桂峰村的始祖是北宋名臣蔡襄的第九世孙蔡长，当年他为避战乱带着族人从莆田迁徙到此安居，桂峰村就是他费尽苦心寻得的燕窝形风水宝地。族人从宋淳祐七年搬此定居，迄今已历八百余年，现今整修一新的蔡氏祖庙即为族人修建的第一幢房子。或许正因了桂峰独特的"燕窝"形地理，村中的建筑都依山势而建。登高而视，黑瓦屋盖鳞次栉比，错落有致，犹如一首跌宕起伏、张弛有度的精美诗篇，展眼望去，令人顿生荡气回肠之感。

走在桂峰现存的老房子里，那雕工精细的民间吉祥图案处处皆是，不说那雕花的窗、扇和门，在一座不显眼的老房子里，在三合土夯就的历经几百年依然结实的地面上我居然看到了绘着的图案。年代久远，图案的内容已无法分辨，但依然让我看到建筑师的高超技艺和房子主人独到的文化品位。是的，桂峰老房子与别处老房子与众不同之处就是处处流露出来的文化古韵，体现出了亦商、亦农、亦官、亦文的文化价值取向。这从每一座老房子都专设一个书斋，就可见一斑。这对当时身处深山之地的小山村来说是非常难得的。"绳其祖武唯耕读，贻厥孙谋在俭勤。"在一座老房子里，我看到的这副对联或许就表明了桂峰这个小山村历史上为什么人才辈出的原因：耕读与俭勤这样的农耕思想，字面浅显而含义深刻。

这里就想到理学大家朱熹所言的"读书起家之本、和顺齐家之本、勤俭治家之本、循理保家之本"的四本之说。地处山僻之地的桂峰古人也受到了理学大家的影响了吗？而这样的先进的耕读勤俭持家的思想除了与桂峰蔡氏始祖开基时确立的族规有关系外，与山僻而地处要道的桂峰显赫一时的地理位置应当也有一定的关系。实际上翻阅《尤溪县志》可知，在明朝时桂峰素有"小福州"之称，原因就在于桂峰地处于尤溪至福州官道上，因此成为过路商贾、达官贵人往返省城的必经之地和食宿中转站。史载，明朝时的桂峰村就有"四寻客栈五步楼，比屋弦声乐悠悠。梦寐以求寄居地，旅客旋步三回头"的繁华景象。

历史的桂峰已隐进了时间之门里，现实的时空中我已无法听到门里远古的声音和那些或许风花雪月，或许悲欢离合的故事。站在地处桂峰村最高处的一座老房子的二层堂上俯瞰，"燕窝"里栖息的老房子和新房交错，电线杆牵出纵横交错的坚硬铁线。这时，我却看到从历史的暮霭里洇湿出来的一幅人文山水画，一位行色匆匆的客商走进了挑着幌子的客栈，而房顶烟囱飘出的一缕缕青烟，真能洗去旅人的辛劳么？历史不会给出答案，那些被无数旅人磨得光滑可鉴的古朴的石头铺就的村道倒可能记载旅人几声欢笑或叹息。

而走在桂峰村古朴的石子路上，如果时光交错，古人的足迹就一定会与你迎头相遇。与老房子的破败形成鲜明对比的是石头铺就的村道历经风雨沧桑依然如故的张扬和鲜活！曾无数次穿梭于各种各样的村庄中拾捡文化的遗存，却没见过像桂峰保持如此完好的全用石头铺就

的古村道，它让进入村庄准备走泥泞山村路的
人在意外之余欣喜不已。沿着穿村中小溪而过
的石头村道，一块块路石就如为桂峰古村这篇
美文画龙点睛的标点，是不可或缺的，它的原
始和古朴就如同石头的本性一样，只是这些原
本普通的石头成为村道后忽然变得个性张扬了。
当然，纵横交错联结整个村庄的村道也真的有
理由嚣张，用现代时鲜的话来说就是酷！酷得
诗意浓浓，酷得意味深长。当我小心地走在桂
峰古村道上，沿着一个个被雨打湿得显得特别
新鲜的台阶向上，忽感到有明朝的旅人与我擦
肩而过。我下意识地微侧了侧身，同时就感到
貌似冰冷的石阶其实怀揣着一股子热乎乎的期
盼，它好像在热切地等待着什么。它是在替一
个幽怨的独锁深闺的女子等待从这条官道到省
城赶考的书生吗？承载了那么多车水马龙的桂
峰官道当然不知道故事是皆大欢喜或痛断肝肠
的结局，只是它从远古的时空等到现在已心如
止水了，不像它身边的小溪没日没夜只会唠唠
叨叨地表述自己，它感觉自己真的要变成一块

没有任何知觉的石头了。那么，它还会等下去吗？它作为已被打上文化名村标签的古老村庄脉动的血脉，真希望听到众多理解它的人的脚步落在它身上所敲击出的美妙的天籁啊。

有这样一个传说可以印证桂峰人的想象力。在桂峰村口有一座古桥，名"石印桥"，始建于元至正二十年，系桂峰蔡氏始祖蔡长之五世孙蔡基所建。此桥于明万历四十三年四月二十七日毁于村中火灾，同年重建。石印桥是因桥下一方石形似印而得名。据此还有个传说。传说当年长公建桥之时，曾打算开此石铺路，因遇一过路老先生劝阻而作罢。老先生说，此石天生此地，乃贵村之灵魂，可称中流砥柱，而形又似印，日后村庄发达，子孙繁衍全赖其灵气，保护好此石实为重中之重。于是，蔡基听老先生之言留此石，并称桥为"石印桥"。传说无据可考，我以为桂峰村历代才人辈出更是出于当地人耕读与勤俭持家的古朴民风。历代以来，蔡氏后人承祖训，崇文尚学之风长盛不衰，曾出现"父子翰林""兄弟举人"的盛况。据蔡氏宗谱记载，桂峰共有明清进士三人、举人十二人、秀才四百一十二人。中华人民共和国成立后年年有后生走进高等学府大门，出现众多教授、工程师等，我在新修的蔡氏祖庙里就看到了"硕士兄妹"这样的牌匾。

桂峰村，其名就是因岭上多桂树而来的。而在这样的季节当然不可能看到桂花树怒放的情景，村中随处可见的桂花树静静地在这个多雨的季节里揣着湿漉漉的憧憬，咀嚼自己桂花飘香的骄傲。

烟雨济川

李雪梅

雨停的时候，我站在金钟湖水库的亭子里，俯瞰悠悠碧波，水天一色。一湖好水无疑是莆仙大地的一个偌大的水缸。远眺，则望见云雾缭绕中的一座山，那是济川的第一奇峰——笔架山。

笔架山下，一条名叫"粗溪"的溪流从东向西川流不息。

山路往上再拐个弯，便是济川村了。

梅雨时节，济川微雨如酥。褐色的古民居、郁郁苍苍的樟抱榕、叶脉般的驿道，还有寂寞的古井和旗杆夹石，都笼罩在缠绵的雨丝里，氤氲成一幅素雅的丹青水墨画。

济川，位于仙游县石苍境内，古名"漈

坑"，又名"济水"，是一个有着两千多年历史的汉代古村落，有石鼓岩、笔架山、将军城、三级浪等八大景区，有三古宫、三古亭、三古桥、三古树、三秀山、三古寨、三古井、三故居、三土楼等景点。

爬上龙头寨，遥遥可见莲花峰。据考证，莲花峰屏山寨是莆仙人最早聚居的地方。战火频仍的时代，平原地带的人们无法安居，而躲避到莲花峰山顶，开山种田。后来，宋朝官府在此地设兴化县，治兴泰里。从此，原兴泰居民散居莆仙两县，始称"兴化"。

济川的古宅老屋，依山傍田，散落在高高低低的山坡上，掩映在雾霭和绿丛中。初看似乎显得有些单调，但是当我身临其境，慢慢地融入这片天地时，发现其中有一种独特的美：粉墙黛瓦，质朴而纯净，在绿树田园之中，勾出浓淡相宜的素影；田野尽头的云雾裹着远方的绿色；一痕远山的淡影又戏着烟云。民居和山水田园构成一个活泼灵动的世界。

散落开来的古民居，建筑选址、布局，建

造工艺，装饰艺术，可谓闽中山地民居建筑的典型代表。细看那每栋山楼，建筑考究，风格独特，规划严谨，雕刻丰富。山楼构造大体相同，或两层，或三层。其底层多为厨房、仓库、杂物间，二楼以上是典型的绕屋纯木"楼圈"，通往楼上所有的房间。近年，虽建造了一些平房，但数量不多，并未对古村落的布局景观造成大的冲击。古物与生态、老屋与新屋和谐共存，别有一番奥秘和神韵。

济川的民居，或含蓄，或粗拙，或端庄，或古朴，呈现着一种文化丰沛的背景。这座深藏在群山之中的村庄，生机盎然地覆盖着济川四季的表情，吟唱着村庄宁静空灵的歌谣。

许多村民至今仍居住在古建筑里。每一栋古屋各有自己的楼名，如"拾德堂""龙兴楼"等，寄寓着人们追求美好生活的意愿和乐观平和的心态。细细观察古屋室内陈设，也温润细腻。厅堂悬有对联，或通过木雕、石雕等装饰方法抬高了主人身价，是一种财富、地位的象征，同时也反映了主人的生活情趣和精神境界。

青松自然村一座明代户部官员林于茂的故居，是济川古民居群建筑特色的代表。该屋建于明万历年间，由上、下厅及十三间房等组成，建筑精美，古朴大气。高高的门槛后面，清凉的居室幽暗又神秘，匾额成了彰显门第的冠冕，楹联成了感召族人的旗幡。阴暗、潮湿，空空的堂前，散发着黄泥的光亮。

时光仿佛可以远一些，远到院子里的野草，远到土墙里的缝，木格窗的旧、燕巢的空、瓦片上的青苔、阁楼里最安静的暗，远到黑暗里一动不动的书香，都浓缩成木楼梯上的吱嘎声，悠悠回荡。这时，安静有一种无法言说的威严。不远处，刚刚从梦中醒来的花朵、绿色的薄纸似的瓣儿，荡漾着一泓清新与凌然之气。更远处，守候的房屋淡耀着几缕古典的沧桑。

遥想那朱漆大门油亮，黄铜门环高挂，绸布灯笼肚肥腰圆。重门内，帘幔拢起，年轻女子，发髻盘旋，神情安详。又有老者气定神闲，井水煮茶，羽扇轻拂。有来访者报声清脆，一报、二报、三报方能到正厅……真不知旧时如何的繁华鲜活过。时间在这里交错了，重叠了，模糊了。那些遥远了的苍茫想象，让我无法真正的解读和感受，它有着令我沉醉、令我敬畏的荣光。眼前这散落的旗杆夹石、古石雕上的动物，也活生生的，仿佛会在半夜吼叫。门口的路是村庄的血管和神经，路没有荒芜，它们就活着。村里的一棵银杏树，尽管含情脉脉，却也是十分矜持。

一条条石板路在草丛中延伸，走着走着，犹如走进济川千年的史书，曲曲幽幽。聚居在济川村的多是同族人，世代沿传，多为"九牧林"后裔。深山藏古村，世人未曾识。谁也不会留意到这么偏远的山间，有着一个与众不同的古村落，它完整地保存了这一方水土丰厚的文化底蕴，和这一方人勤劳而又执着的性格。

对于一个外人来说，乡村是一处安静的风景。对乡村人来说，外面的世界很精彩。于是外人来看风景，村人出去看世界。来的来了又走，走的走了又回。乡村人无论走到哪里，村庄都扑面而来。几千年安然的守望，几千年固执的坚守，这些看似平静的生活，往往埋藏着一代又一代的村民生命的本质与意义。安宁平静如春天的花朵永远盛开在世世代代的村民的清烟烛火中。风过处，木门"吱吱呀呀"摇响寂静的生活，延续着安康宁静。村里，鸡犬相闻，小溪蜿蜒，房前屋后篱笆藤上瓜果翠绿。空气里蒸腾着草香，混杂着一点泥土的气味。

无论时代如何变迁，记忆如何湮灭，古老的事物，依然散发着光芒。散落在这片古村落上，有无数闪亮着文化光芒的建筑或遗址。村内现存宋明清文物古迹众多，有宋代天堂宫、古桥、古井、千年古树、云顶岩、云山书院……眼前，一座古屋的墙体上有大生产口号、毛主席语录的字迹，模糊的标语撩开了风雨中的旧事，历史的喧嚣在寂寥中沉淀为风景。这里儒、释、道三家遗风彼此交融，传承着中国古老的文化精髓。石鼓岩上的孔子厅，是古时读书的地方。"地瘦栽松柏，家贫子读书"，山村既封闭又开放的特点使"耕读传统"在这里发挥到极致，宋代以来"科第文化"兴盛一时。林迪，字吉夫，宋绍圣元年登毕渐榜第四名进士，初任福州左司理，再任龙溪知县，复转运使，授朝散大夫，著诗文百卷，为官清正。史学家郑樵赞林迪"耆老硕德"。他那爱民为民的清正之风，已然浸润在一代代济川人的血脉中，如今的济川人大多为他的裔孙。

济川的人文似乎与"云顶岩"有莫大的关联。云顶岩是济川村旁的一座山岩，岩上建有一寺。南北朝"郑氏书堂"在云顶岩创立，收徒讲学，广育人才。这是济川"耕读文化"的肇端。南宋乾道年间，郑侨就读云顶岩寺。明代状元柯潜对云顶岩情有独钟，曾屡游云顶岩寺，并留有《云顶岩记》，记事石碑还在。著名将领叶飞也曾留下墨宝"济川风光"。

历史不是死的，而是活的。风是柔软的，也是刚劲的，水是温存的，也是暴烈的。云顶岩辉映下的小小山村，历代名人灿如繁星，读书人是一代代层出不穷。宋仁宗"忠孝有声天地老，古今无数子孙贤""济坑卿监无人识，云顶峰前出状元"的诗句也道出了济川的人杰地灵。

站在古老的宋井边，这一口深邃而沉默的宋井呵，几千年来与村庄耳鬓厮磨。听过多少悲欢离合？受过多少雷电风雨？井沉淀着时间的影子，容纳着村庄的痛楚和幸福，或许是济川人生命的根本。即使岁月的风霜让其结下厚厚的茧，即使烟尘把村庄的容颜染旧，染成一幅灰蒙蒙的古画，只要这井在，济川的乡民们就仍会以一种吐故纳新的姿态，让村庄傲然出一片润泽的生机。

村里至今保存着"为有楚歌杂吴谣"的十音乐队和木偶戏班等民俗文化。戏台还是原来的戏台，看上去就只是少了演戏的戏子。而我，只是在这另一场雨后，站在旧时看戏的楼阁上，任一种情感穿越，拔节，深入，虔诚地聆听，俨然入戏了。

风的裙摆窸窸窣窣地掠过村庄，剪开村庄草色的晓梦，剪开两千年时光的薄翼，我的思想朴素安宁。中午时分，炊烟也升起来了，缭绕着菜园里青青的丝瓜藤、包菜和花菜。我依然喜欢看着炊烟把村庄的日子紧紧缠绕，有一种说不出的温暖。在一户人家的后门走过，猛地撞在一股熟悉的香气上，一下唤醒了我的饥饿感。我像一个放学回家的孩子直奔灶火暖暖的厨房。济川人热情好客，为我们备好山里大米蒸的笋干肉饭，和飘着葱花的咸菜汤。我们围坐着，慢慢咀嚼着农家的味道。一只小黄狗不知从哪儿冒了出来，尾巴翘得高高的，不时地摇摆着。

雨，下下停停，停停下下。从一片树叶跳上另一片树叶。村庄变得明亮，清凌凌了。云山书院旁，一棵树离群索居遗世独立，仿佛一切烟云不为所动，内心深藏长天与大地的隐秘。樟抱榕，这棵苍翠遒劲的千年奇树，植于唐宋，树干一分为二，由一株大樟树和一株大榕树合抱而成。樟树外径需十来个成人合围方能抱住。据说，有一只飞鸟嘴里含着榕树的种子飞过这里，恰巧把种子掉落到树洞里，榕树生根发芽，日久天长，形成了独特的"樟抱榕"奇观，被称为南国奇珍。如今，这棵"樟抱榕"依然生长繁茂。

手掌微张，仿佛转瞬就把夕阳点得更为遥远，就把时光化得更为深邃空蒙。远望绿意酽酽如方格状的田野，田里大都插了秧，苗稀水涨，田野嫩黄，或有农人腰弯如弓田间劳作，像画如韵。有一种低语，如梦如幻，自田野深处漫来。泥土的清香，和着雨后若雾若烟、波光潋滟的韵致，把一种辽阔擦拭得更加辽阔。

济水活石，汩汩有声。这两块巨石也真从容，不知经过多少年，它们慢慢地用一种最经典的姿态表现情缘，靠近，靠近，终于相依相偎在一起了。仙脚印、圆形月亮石堆积了太多的神奇，引发人们的许多痴迷与向往。在济川村尾，禹门三级浪是一处气势磅礴的多级瀑布岩。济水经青龙桥下流至此，跌下层岩，山谷上的瀑布像被天空驱赶着似的，层层叠叠的奔腾而来，故有"三级浪"或"十八浪"之称。时值旺水季节，巨幅水帘漫出堤坝，奔泻而下，人在下方仰观，但见水自半空而出，化作碎玉流珠，如烟如雾，飘落开来，站在上林亭里，游目骋怀，心旷神怡。三级浪下注入徐溪（又称

"粗溪",系闽江支流)一路直奔福州,古代济川杉木就是通过这水流运往福州,故有"坐吃济川"之说。

林间与村庄完全是两个世界。一树桃花,正在这个孤寂的午后抖动香气。她清芬的力量和不羁的意志,醉了田野上那个放飞黄雀的少年。雨过的树叶还没有干透,满眼绿色,山上浓郁的青草气息,像波浪一样翻腾过来,包围了我。一不留神,我与路旁的茶树撞了个满怀,刚醒转的茶枝暴绽出绿芽,我摘了一片,轻轻一咬,茶香便含在嘴里了。

平日里的村庄,多是年老的村人;年轻人肩负行囊,越走越远。村庄就像是一本波澜不惊的辞海,惊惧的唯有它的游子与读者。

然而,一切的归来都在先祖的翘望中,一切的离去都在先灵的护佑下。时间已经把一切的事与物,化作了见证的力量,守望着济川的过去、现在和未来。

故园三洲

戴春兰

三洲位于长汀县东南部，因三面环水而得名。历史上的三洲，铭记着令我们惊艳的繁华与辉煌。

据《长汀县志》记载："未有汀州，先有三洲。"三洲原是一个古老的水运码头，从唐宋开始直到明清，都是繁华的古驿站，有诗"日见船帆不断，夜泊船桅成排"为证，足见当年风采。也有资料记载，当年乾隆微服南下巡游时经过三洲，得到村民的热情款待，对这里温良敦厚的民风大为赞赏，御笔亲书"古进贤乡"的牌匾，保存至今。1929 年，毛泽东、朱德在三洲设立了"永红乡"，三洲自此被誉为"中国红色第一乡"，是土地革命时期闽西当之无愧的最早模范乡。同时，三洲还完整地保存着大规模的古建筑群。

但是，与这些显赫的声名相对的是，三洲曾是全国水土流失重灾区，水土流失历史最少在两百年以上。20世纪40年代，福建省研究院学者张木匋对长汀河田地区水土流失的可怕景象（三洲原隶属于河田镇，于1987年始独立成乡）做过具体而传神的描述："在那儿，不闻虫声，不见鼠迹，不投栖息的飞鸟；只有凄怆的静寂，永伴着被毁灭了的山灵……"他悲观地预言："数十年后，溪岸沙丘将无限制地扩展，河田（包括三洲）也将随着楼兰而变成废墟。"

然而预言终归是预言。今天，当我们走进这片曾经"山光、水浊、田瘦、人穷"的土地时，展现在面前的是一派郁郁葱葱的万亩杨梅林场。极目远眺，只见生态林林草丰茂，经济林规模成片，块块农田镶嵌其中，绿色波涛连绵不断，从脚下向远处奔腾，覆盖了四周的山岭。

在客家母亲河汀江东畔，三洲怀抱中有一

颗闪亮夺目的明珠，即使在闽西连绵山坳中也熠熠生辉，它就是汀江国家湿地公园。

近年来，三洲随着果大汁浓的杨梅声名鹊起，五六月里前来采摘的人仿佛在赶赴一场久别的盛会，你来我往，车水马龙，旅游业红火异常。

从厦蓉高速长汀河田出口出发，沿宽阔的景观大道飞驰南下，只十分钟路程，湿地公园就呈现在道路左侧。

公园广场右侧一道牌坊，上书"汀江国家湿地公园"几个正楷大字。一颗火红硕大的杨梅矗立在拱桥边上，这可能是世界上最大的一颗"杨梅"了。拱桥过去，是仿古新徽式风格的杨梅博物馆，你可以在这儿先了解三洲人民种植杨梅的一路艰辛与收获。

穿过门楼，走上蜿蜒曲折的木栈道，两旁蔓延的都是树木，红枫、鸡爪槭、水杉……还有许多说不上名字的灌木藤蔓，牵牵绕绕，密密麻麻。这片让你心旌摇曳的绿啊！看吧，由脚边慢慢仰头看吧：娥绿、翠绿、墨绿、灰绿……无须晕染，层层叠加，大地变魔术般在你面前杂然陈开绿的盛宴。

没有风，也有纷纷扬扬的花瓣悠悠飘下，粉的是桃，白的是梨，船形的是白玉兰，地上冒出星星点点不知名的花，置身花海，美得让你怀疑走进绮丽的梦。林间不时倏忽闪过鸟儿俏丽的身影，它们忙着安家筑巢，还不忘关关雎雎地应和几声，偶尔停驻脚步，低头啜饮叶上晶莹的露珠，再偏过头打量贸然闯入的你，眼睛黑亮无邪。

一带白银般清亮的水在园间逶迤前行，细浪翻腾，飞花漱玉，如鸣佩环。无论水中溪边，石头早被摩挲滋润得圆滑细腻，水面上栈道晃晃悠悠，临水有鸢尾花娇艳欲滴，几丛疏阔的芭蕉，不管从哪个角度看都是绝美的水墨。

这时，你的眼光必然被吸引到这片灼灼绽放的荷塘前。

密密挨挤的青青荷钱肆意铺展开，金黄的斜阳从天而降，路过的风也凑过来温柔地亲昵，那叶子便激动得微微颤动，摩肩接踵，窃窃私语，那道宛如大海波浪的凝碧便闪电般一波接一波地传送到对岸去了。

行走在唐诗宋词里的荷却是矜持的，有全然盛开的，恰如轻灵舞女，曼舞蹁跹，尽情吐露曾经深藏于内的嫩黄心事；有半开未开的，好似客家新嫁娘，满脸娇羞，也掩不住眼角眉边的一丝浅笑；有打着骨朵儿的，稚态尽现，或仰头逗引蜻蜓，或俯首赏玩游鱼。白的素雅清淡，红的艳而不俗，粉的娇而不媚。如此之美啊！美得娇艳欲滴，美得彻心彻骨，美得令你只能屏息凝望！

即便离得如此之远，那荷香依然丝丝缕缕弥漫过来，像清澄的朝露，像幽凉的月夜，从灵魂中缓缓流过，梦也迎着光辉的花朵绚烂开放。这样想着，眼中竟会噙上欢喜的泪。此景，此刻，若在水边架上古筝，焚香，净手，弹奏一曲《太湖春》，与眼前的荷塘相对，一定会有一句纠缠多年的话萦绕心间：长空阔大，岁月静好！

远处满山遍野都是杨梅树，棵棵紧挨，叶

叶层叠，密不透风。登高远眺，如毯似涛，身在其中而恍然随绿浪起伏悠游，妙不可言。间现杨梅，聚串成簇，俏立枝头，像极一个个红精灵，天真媚笑，诱你快去亲近。

杨梅熟时，提携一篮，走进林子深处，深感眼花缭乱，无从下手：看看这棵，果实累累，似支撑不住，伸手可摘，一树怕有三五百斤果呢！瞧瞧那棵，果大如卵，浑身散发着成熟的气息。你早忍耐不住，脱鞋褪袜攀爬上树，摘得一篮最可在同伴面前炫耀。眼正饱览秀色，手也没片刻空闲，摘得中意的，不洗不擦，顺手送入口中细品。熟透的杨梅，如乒乓球大小，深红近黑，捏在手中，略有凹凸感，微软。轻轻咬开，鲜红的汁水立刻沾满唇齿，以至滴落前襟。果肉颜色稍淡，更显妍丽，吃来甜中带酸，令你胃口大开，不自觉便颗颗在手，停不了口。

小村如此多娇。村子里的人惊奇地发现，自己和这个小村水乳交融，以这满塘艳莲、漫山杨梅为序幕，上演着"天上浮云似白衣，斯须改变如苍狗"的精彩剧目。无论春华秋月，他们倾听小村成长时毕剥拔节的声响，忍不住绽开青铜古菊般的笑容，那蜜甜的幸福便被无限放大了……

我原本以为，我们之间隔着几百年的历史，我们已有十几个春秋的未见，已经陌生得烟尘模糊。

7月，骄阳似火，我又漫步到你的身边，与你静静相对。白花花的一片刺眼下，你青砖、黑瓦、高高翘起的飞檐，一切恍如昨日。我忍不住伸手抚摩你青灰色的砖，粗粝的感觉闪电般从指尖战栗到内心最柔软的一角。刹那间，我的心与你一起悸动，我终于明白：我与你，从不曾远离！

仰望着你层层累叠的青砖黑瓦，那是你坚硬如铁的骨骼吧？它从大山深处走来，沉寂，发现，挖掘，运载，汲取山川日月精华。它从熊熊砖窑中走出，和泥，晾晒，烧制，淬火，铭刻从柔软到坚强的历程。

那也是在白花花的有些刺眼的艳阳下吧？

我的先民——健硕如牛牯的客家汉子，裸露着黑铜肌腱，一层石灰，一层青砖，一丝不苟地顺着准线一路砌来。汗水蜿蜒而下，渗入青砖，嗞嗞作响。于是，那砖、那瓦便和着汗、和着泪、和着虔诚，在我的宗祠里坚守自己的位置，历经数百年风雨屹立不倒。甚至，直到今日测量，近三层楼高的墙体，上下前后倾斜度不超过一厘米，又怎能不令每一个见了你的人惊艳感叹？

轻环着你一抱有余的梁柱，那是你柔美细腻的肌肤吧？这些深山中的巨木，承载起一个家族兴盛发达的宏愿。我的先民——那些心细如发、技艺高超的匠人，用他们粗糙的大手和灵巧的锉刀，在木屑纷飞中一笔一画尽情雕镂。于是，高高的屋梁上有了梅兰竹菊、祥云飞腾的曼妙。于是，板窗上有了"宜交尽鸿儒，丰待无白丁""居家惟勤俭，处世在读耕"的希冀。于是，一代接一代的三洲子孙从我的宗祠里奋发起航。

走近我的宗祠，你会发现一个美丽得有些

缥缈的梦，让你不觉放慢脚步细细品味。

走进我的宗祠，你在阅读一段并不漫长又厚重的历史，让你不觉与之水乳交融、同悲共喜。

推开粗重的宗祠大门，混合着苔藓、原木、檀香的气息迎面而来。丝丝缕缕的阳光透过天井斜射下来，清晰地看到浮尘自由地游弋。跨过石条门槛，我甚至不忍放下我的脚步，生怕惊扰了我的宗祠的沉梦。

我的宗祠分为上、下两厅。上厅供奉着三洲先民的神祖牌，旁边挂着太公、太婆的肖像，工笔描画慈眉善目。而下厅，则供奉着三太祖师神像。

这样的格局，不正显示着我的父老乡亲把尊祖敬宗、慎终追远放在首位？不正显示着我的宗祠在崇学修身、继承传统中的重要引领作用？

年复一年日复一日，我的宗祠，你是否热闹繁华依然？

那是每年的清明前后，我的宗祠里烟雾缭

绕、鞭炮轰响、供品陈列、叩拜不断。同族的客家汉子早早收拾好供品香烛上山祭祖，身着布衫、腰系围裙的妇娘们聚在我的宗祠里做米果、杀鸡宰鸭、准备午餐。及至午餐上座时，可是要严格按照辈分坐的，满头银发的"侄孙"恭敬地给稚子"叔公"敬酒，引来哄笑阵阵。那浓浓的亲情哟，融化在香醇的米酒中醉倒了整个宗祠！

那是每年的正月十五前后，我的宗祠里早晚大门洞开。同族的人自发地前来乐捐、帮忙扎花灯、请"十番"、挑选"坐台阁的孩子"，欢声笑语，人影憧憧。及至正月十二三"出灯"，"十番"便奏出悠扬清越的曲子，点亮串串玻璃盏的花灯在四个壮汉的抬举下一路摇曳而来，说不出的流光溢彩。台阁里，孩子打扮成神仙模样，一路收获着糖果和艳羡的目光。那几天的夜晚呵，整个三洲小村深夜不眠，大人孩子彻夜狂欢，祈祷来年风调雨顺、五谷丰登！

还有，还有，走古事、抬菩萨……

我的宗祠，就是一根脐带，让同族人紧密

相连!

今年正月，我带着儿子回乡看"出灯"。年幼的儿子仿佛极熟稔地在我的宗祠里来回逡巡，一脸少见的庄重，目光中甚至有点点亮光闪烁。

哦，我的宗祠！是否是你日夜在我心中、在我梦里低声呼唤我的乳名？是否你的模样、你的沧桑早已镌刻进我的血液、我的灵魂？是否我和我的子孙，以及千千万万的三洲子孙永远也无法走出你的视线、你的胸怀？

我的宗祠，你在风雨中昂起了头，一步一个脚印，蹒跚地从泥泞中踏出康庄大道。

我看到，我的父老乡亲满是皱纹的脸舒心地展开，像一朵朵向阳的青铜古菊。

最让我骄傲万分的还是你啊，我的宗祠！

"元代的城墙、明代的祠堂、清代的民居"是对你的最精辟的概括；"全国第五批历史文化名村"是赐予你的最高的荣誉。

我的宗祠，你穿越历史的滚滚红尘，恬淡地微笑着向世人展示你无与伦比的美：你的砖墙，是那么的挺拔不移；你的柱梁，是那么的精美优雅；你的黑瓦，是那么的深沉大气；你的飞檐，是那么的顾盼生姿。我的宗祠，只要稍微斟酌下光和影，随意摄下的每一张图片都是那么隽永曼妙。

可是啊，我的宗祠！我多么希望你就是一位绝世佳人，偏好"清水出芙蓉"，别被沾染上太多太浓的商业气息。我多么希望你就是一位邻家阿婆，纵使"老人头雪白"，也别被涂抹上庸脂俗粉失却古朴本真！

微风轻拂，月影朦胧。我的宗祠，我曾那么轻易地在青石板上与你挥手道别。而今蓦然回首，我的魂魄却夜夜归依你身旁，化作满屋弥漫的郁香，向你倾吐心中不变的爱恋……

中复：红旗从这里出发

范晓莲

这是一片被鲜血浸染过的英雄的土地！

这片土地的名字叫作——长汀中复村！

当我们沿着319国道经过长汀县南山镇中复村时，可以看到路旁耸立着一块醒目的标牌——长征第一村。庄严的标题和凝重的画面好像在时时提醒人们，发生在长汀这块红土地上的一段真实历史——

1934年秋，长汀这片红色根据地上空弥漫着滚滚硝烟，新生的苏维埃政权面临空前残酷的战火洗礼。在第五次反"围剿"的最后紧要关头，当年红一方面军所属的红九军团和红二十四师，为保卫中央苏区的东大门，在长汀县南山镇中复村的观寿公祠成立总指挥部，组织进行了著名的松毛岭保卫战。

历史不会忘记，那场惊天动地的松毛岭保卫战。松毛岭战役是第五次反"围剿"中红军在闽的最后一役，是红军军史上一道永远抹不去的创伤，上万名红军将士和闽西地方武装战士与敌殊死搏杀，最后长眠于巍巍山岭。红军将士和赤卫队员、支前群众，以惨重的代价完成了掩护中央主力红军集结北上长征的任务，在红军战史上写下了光照千秋的壮烈篇章。据《长汀县志》记载："是役双方死亡枕藉，尸遍山野，战事之剧，空前未有。"战斗结束半个多月后，松毛岭上空仍血腥浓重，黑压压的绿头苍蝇，云集在沾满血迹的松针上，以至把碗口粗的松枝都给压断了。长达两年多的时间，中复村一带的群众不敢踏足这座一片尸横遍野、腥臭难闻的大山。

1934年9月30日清晨，天下起了蒙蒙细雨，红九军团奉命撤出战斗，在观寿公祠门前的大草坪上召开群众大会，告知红军要转移的消息，并向赤卫队、少先队发放枪支、弹药。一时间，离愁满布，马蹄声碎。不远处的松毛岭上响着震耳欲聋的枪炮声，红九军团的数千名红军战士在雨中默默站立。他们并不知道，即将开始的是一场何等漫长而艰险的远征。下午3时，红九军团含泪挥别众乡亲。

历史不会忘记，中复村是长征的第一个出发地。举世瞩目的两万五千里长征是从福建的长汀、宁化，江西的瑞金、于都四个地方几乎同时出发的。长汀中复村在所有出征地中路途最远，是红军两万五千里长征真正的"零公里"处。浴血奋战了七天七夜的红九军团，来不及掩埋牺牲在松毛岭上的战友，在隆隆的炮声中，在亲人依依不舍的目光里，离开了中复村，踏上了震撼世界的两万五千里长征。中复村作为红九军团长征出发地、松毛岭保卫战发生地，在中国革命的史册上永远闪耀光芒！

今天，当我们逶巡在松毛岭的沟坎间，流连于当年松毛岭战斗红军总指挥部旧址观寿公祠前，抚摩着红军征兵处旧址接龙桥上弹痕斑斑的廊柱，踏着红军街的青砖石板，寻觅当年红军将士浴血奋战的沙场时，不禁心潮起伏。"当年鏖战急，弹洞前村壁。"郭公寨黄姓旧屋门板上密密麻麻的弹孔依然清晰如昨，曾经十几米深的战壕被泥沙和枯枝败叶填得浅浅的。"支援前线""节省粮食供给红军""每个工农群众努力节约三升米充补红军战费用""为保卫长汀苏区而战"的标语，在村内依然随处可见。恍惚间，当年飘扬在这片红土地上的山歌似乎又在山间回响："郎当红军莫念家，专心革命走天涯。十年八载不算久，打倒反动再回来……"八十多年前那烽烟四起、炮声隆隆、杀声震天、血肉横飞的情景仿佛又重现眼前。

历史不会忘记，长汀人民对革命做出的巨大贡献与牺牲。据老红军谢镜辉老人回忆：长汀人民在战斗打响后，组织了运输队、担架队、慰劳队支援前线，或参战，或抬伤员、运物资，或送饭、送菜、送茶、送水。地处松毛岭下的中复、塘背、官坊、长窠头、蔡屋、桥下一带的群众更是全力以赴，除留下六十岁以上老人看护孩子外，其余全部参加支前。为做好后勤保障工作，时任中共福建省委书记的刘少奇，多次来到中复村组织扩红、支前、筹粮等工作。在苏维埃政府的发动下，群众纷纷拿出自己不多的糍粑、芋头、地瓜片等口粮支持红军，并组织了担架队、运输队、看护队、洗衣队等，还和红军一起挖战壕、修工事，真正做到有人出人，有力出力，有钱出钱。"一切为着前线的胜利！"松毛岭保卫战最激烈的时候，红军伤亡惨重，急需兵员补给。红屋区裁判部部长钟大兴带头振臂高呼："共产党员和不怕死的跟我走！"在他的带领下，红屋区两百多热血男儿义无反顾地奔赴炮火连天、血腥弥漫的松毛岭战场。当年，中复村一带的群众跟随红军长征的就有六七百人，他们大都从此杳无音信。"风萧萧兮汀水寒，壮士一去兮不复返！"他们的离去让多少父母苦苦等待，让多少妻儿在无尽的思念中望穿秋水！

青山有幸埋忠骨，英魂长存天地间！松毛岭上的硝烟早已消散，金戈铁马、血雨腥风皆已远去，这场惊心动魄荡气回肠的战役已成往事。但在战斗中英勇捐躯的烈士们的鲜血没有白流，他们的丰功伟绩并未被岁月的烟尘湮没。1951年8月，中央南方根据地慰问团来到中复村，召集老红军，听取意见后，指示当地政府要建松毛岭保卫战烈士纪念碑，以告慰烈士英灵。1952年，人民政府组织中复村一带的民兵上山收敛了数百具红军遗骸，并拨出专款在松毛岭山巅建起了一座红军烈士纪念碑。1989年，松毛岭保卫战六十五周年之际，为永远缅怀在松毛岭保卫战中壮烈牺牲的勇士，政府再次拨出专款，在松毛岭西面山麓又修建了一座纪念碑，上面镌刻着开国将军杨成武亲笔题写的十个大字——松毛岭战斗烈士纪念碑。近年，长汀县启动纪念碑维修整治工程，并计划以纪念碑为核心，保护开发松毛岭保卫战战场遗址遗迹，建设松毛岭保卫战体验园、松毛岭保卫战大型组雕、松毛岭保卫战纪念馆等，以此打造松毛岭保卫战纪念园，缅怀先烈，教育后人。

残阳如血，山河如画。林间松涛阵阵，山中子规声声。郁郁青松挺立身姿，为英雄守灵；

潇潇春雨如诉如歌，为英雄低吟。伫立在静谧肃穆的纪念碑前，遥想当年革命志士在这里开展的轰轰烈烈的革命活动，不禁心潮跌宕，思绪万千。在那激情燃烧的岁月里，无数仁人志士浴血奋战，用自己的血肉之躯，铺就了今天的幸福之路。他们抛头颅、洒热血，谱写了一曲曲壮丽的英雄之歌！八十年弹指一挥间，再回首，波澜壮阔的恢宏年代已经离我们远去，但英雄们的不朽形象早已在我们心中竖起了一座雄伟的丰碑！

精雕细刻话培田

杨晓勤

又高又远的蓝天下，村庄躺在金黄的秋天里，青砖黑瓦的神情，古老得如同一个千年未醒的梦境。水从村边潺潺流过，杨柳的身影也有些憔悴，渠边的水车吱吱呀呀地转动，让这个宁静的小山村活泼而生动起来。

渠边的牌坊姿态依然挺拔、骄傲，也有些落寞。要站多久，才能站出这般古老的神态，让人看一眼就遐想久远的年代里曾经轰轰烈烈过的人和事。到这里，你一定会停下脚步，用目光细细地触摸这座斗匾上书写着"恩荣"二字的牌坊，这是光绪皇帝特赐其御前值殿侍卫吴拔祯的荣耀。吴拔祯生于咸丰七年，光绪壬辰年考中武进士，并在殿试中被钦点为三甲第八名蓝翎侍卫，在光绪帝御前护驾多年，受到帝王的赏识。吴拔祯是这个有着八百多年历史的村庄出过的最高级别的朝廷官员，他最大程度地实现了祖先求官入仕的梦想。他是培田曾经最耀眼的辉煌。

那么，培田在哪里？从冠豸山脚下的连城县城出发，沿着319国道，行约三十千米，再转入611县道，便进入宣和境内。从两山夹峙的公路直道而入，培田那沧桑的神态便在那里等你。培田是客家人的家园。自西晋"五胡乱华"开始，为躲避战乱，大批汉人衣冠南渡，大规模迁徙。历时千年，经数次南迁，在闽粤赣三省交界处形成了汉族的一支独特民系——客家。衣衫褴褛的培田先民一路风尘仆仆，终于在这个依山傍水的地方止住跄踉的脚步。他们在继承中原传统建筑风格的基础上，针对南方多雨潮湿的特点，独创性地形成了"九厅十八井"的建筑格局。明清时期，培田走向它命运的辉煌。它不仅是长汀和连城两县官道上的驿站，而且是汀州府和漳龙道之间竹、木、土纸、盐、油等日常用品的水陆中转站。清代邮传部官员项朝兴为此在"至德居"题联"庭中兰惠秀，户外市尘嚣"，生动地描述了当时培田庭内的优雅和街市的繁华。小小培田商贾云集，经济空前繁荣。20世纪30年代后，由于龙岩至长汀的公路开通，培田就成为一个宁静的小山村。正因为如此，这个聚族而居的古老客家村落，躲过了一次次历史浩劫，保存着完好的三十一幢高堂华屋、二十一座吴家祖祠、六家私家书院、两道跨街牌坊，一条千米古街携一圳清水从村中鱼贯而过，形成科学布局、错落有致，总面积七万多平方米的明清建筑群落。在栉风沐雨一个世纪后，它像一颗拂拭蒙尘的珍珠逐渐闪现它的熠熠光彩，和客家土楼一样被称为建筑艺术的奇葩，有"民间故宫"的美誉。

培田古民居全部为砖木结构，外围是清一色的青砖，内部则为原木构成。那些木质的结构，给了能工巧匠精雕细刻的无限空间。在培田，每一座高堂华屋都是一个雕刻艺术的立体展台，那些飞檐翘角、雕梁画栋，窗屏、雀替、瓜柱、垂帘，无一不在娓娓讲述培田人的才干、智慧和人生理念。它像一首无声的旋律，以优美的形体、精湛的艺术和深刻吉祥的寓意，大肆渲染着培田曾经有过的辉煌。

培田的雕刻，大面积体现在窗屏上。窗屏大多为镂空透雕，既遮挡视线，又能透过亮光，还起到了很好的装饰效果，实用美观兼而有之。那些窗屏，有的是以简化的花朵或几何图形连成连续纹样，有的在纹样正中饰以实木浮雕，或圆或方，形状各异，有的刻有富贵华丽的牡丹、绚丽多彩的石榴、仙风道骨的兰、舒卷自如的菊，还有的刻上一些历史典故。这些花花草草和历史故事在匠人的刀下决不含糊，大至花瓣、果实、人物形象，小至叶茎、花托、衣服上的纹缕，都被一刀一笔刻画得分分明明、清清楚楚，雕刻艺术的精致细腻在这里发挥到了极致。而牡丹寓财富、石榴寓子息、兰为清友、菊为雅友，体现了培田古人对物质和精神双重完美的追求。

还有的窗屏则是一幅幅完整的画面，较具

代表性的是官厅中厅两侧厢房前的八扇九重鎏金镂空雕。这里所说的"官厅"是建于明崇祯年间的一座豪宅,主人是培田十四世祖吴纯熙。据吴氏族谱记载,他工心计,善理财,一生挖到八窝窖藏,造了七座大屋。由于他为人豪爽,喜结交朋友,来往官员常在他的住宅歇脚,人们便将最豪华的这一座称为"官厅"。这所民办的官厅在明清时期这条赫赫有名的官道上,洗尽了多少旅人的仆仆风尘,脉脉地传递着"客"即是"家"的暖暖客家情谊。而官厅的中厅是用于接待五品以上官员的地方,两边厢房前的八扇镂空雕里保存得较完好的四扇分别是"丹凤朝阳""龙腾虎跃""王侯福禄""平安吉祥"。光听这些名字,便不难想象画面的内容,而画面线条的流畅变幻、内容的繁复、气氛的盛大热烈,则只有亲自一看才能真切感觉,因为那是扑面而来的震撼心灵的大中华的东西。有意思的是"龙腾虎跃"中的虎被刻成猴脸,这大概是取自它的谐音,寓"代代封侯"的意思吧。在龙腾虎跃上下两个护屏上刻着一种奇怪的动物,它有着猴的脸、羊的胡须、马的鬃毛、蛇的身子、鹰的爪子，这便是人们传说中的蛟龙了。它的形状集五种动物的精华于一身，亏古人想得出来，真是浪漫到家了！昔日这些鎏金的画面恰好与官厅在传统时期用于接待达官贵人的用途相匹配，真是风光到顶、排场到顶呀！

云卷云舒，雨坪前的花开开落落自有分寸，窗屏无声却见证一段历史、一处心迹。你看"双灼堂"雨坪前的扇壁上，能工巧匠刻祥云、雕蝙蝠，线条游走间，竟盘根错节地突显出"忠""信""孝""悌""礼""义""廉""耻"八个大字。图中有字，字即是图。远看蝙蝠翩飞、祥云绕宇，近看是程朱理学的八字信条，遒劲刚健，有如吴家子孙心中一道为人处世的警戒碑。据说建造房屋的主人不仅饱读诗书，深谙程朱理学之道，亦满怀忧国忧民之志，大门上"屋润小康迎瑞气，万间广厦庇欢颜"的楹联就充分表达了主人的心迹。

在所有窗屏中，雕刻技艺最精湛的要数"济美堂"的四块三层透雕。透雕由一块木板分三层雕刻而成，正面为十二幅鎏金镂空人物典故，中间为花隔层，背面则以八条凸体字赞扬了房屋建造者吴昌同的为人，把他和方刚懿直的长孺、眉齐案举的伯鸾、指困济饷的子敬等八个历史人物相比。吴昌同出身贫寒，十七岁开始在钱庄当学徒，他勤奋好学，积蓄财力后开钱庄、办油行、经营纸业，成了富甲一方的富商。他乐善好施，友爱乡邻，为方便乡人到省府应试，执万金于福州建宣河试馆。这座"济美堂"便是他为救孤敬老抚幼而建的。这八块透雕既是对吴昌同为人的总结，又是对他的称赞，体现了培田先民的人生楷模和奋斗目标。而那些人物形态逼真、栩栩如生，字体珠圆玉润，笔锋如行云流水，哪里看得出半点刀削斧砍的痕迹？技艺之精湛让观者不由拍手称奇。

说完窗屏，再来看看培田的梁雕。培田的梁雕较多集中在中厅及中厅四角梁柱相交处。中厅是培田先民接待外客及族中议事之处，横梁大多刻有"鲤鱼跳龙门"图案，鲤鱼矫健的身姿跃于波涛簇拥的龙门上，一种拼搏、奋发的精神顿时充斥整个厅堂。走廊上方的横梁多雕刻有"凤凰携书"，书卷在培田的建筑雕刻中随处可见，体现了培田人对知识的崇尚和渴望。他们在培田这片灵山秀水间找到家的感觉后，便光明正大地将读书入仕当作人生目标，作为家族强盛的标志，这就形成了培田唯耕唯读的文化理念。"继先祖一脉真传克勤克俭，教子孙两条正道唯耕唯读。"在这个过去四百多人的小小吴家村落，就有六处书院，有"十家一书院"之称。闻名遐迩的南山书院培养出一百九十一位秀才，其中九人步入仕途，五人享五品以上俸禄，民国年间，有四名学生留法、留日，还有三名黄埔军校的学生。展开想象的翅膀，那些朗朗书声醉了多少荷锄的岁月？为了提高后代的素质，培田人让女子们到"可谈风月"的容膝居里学文化、识伦理、精女红，还能学习优生优育知识。祖祠梁托上雕刻精美、形神兼具的"鱼龙"则是文曲星君的坐骑，淡淡时光没去，今天它依然生动地彰显着培田人对知识的渴望和尊重。培田先民的聪明在于追求大富大贵则雕牡丹，想封官晋爵则刻"鲤鱼跳龙门"，这种隐喻的手法，不仅是培田，不仅是客家，更是中华民族的大智慧！这样的例子还很多，如"继述堂"中厅横梁嵌雕猪和羊，便寓"诸（猪）事大吉，名扬（羊）四海"之意，而天井四周更以刘备"马跃潭溪"的故事，祝福后代成就事业如有神助，以"西湖借伞""采柴""卖鱼"等历史典故，为培田子孙树立处理夫妻、父母及其他社会关系的楷模。培田先民的良苦用心在此可见一斑。

区区一支笔，短短数片文，说不尽，道不完的培田古民居雕刻。说它是诗，因为它以深刻的隐喻、灵动的思维，在一个意想不到却又抬眼可及的地方触动你的心灵。说它是画，因为它以精美的形体、丰富的内涵，滋润了你的视线。说它是曲，因为它如跳跃的音符，散落在民居的各个角落，弹奏着客家的历史和人情风俗。那么，我们就说它是一种语言吧，一种如诗、如画、如曲般的语言，一种从古老年代一路娓娓讲到今天，一种从今天说到明天、愈说愈有味的语言吧！

芷兮芷溪

吴馥香

其实我明明知道，冬天的芷溪不会有太多成片的芷草，但我还是固执地寻找、询问：芷草，这么好听的名字，她是怎样的一种草？

听说，芷溪这个村落，因古时村边溪流两岸长满芷草而得名。对于一个学中文的人来说，自然，我对芷草很容易产生浓厚的兴致：遥想两千多年前的屈原时代，那些风姿楚楚的岸芷汀兰，黄了绿，绿了黄，但那幽草的芬芳，却因三闾大夫忠贞的吟唱，至今仍流光溢彩。"婀娜花姿碧叶长，风来难隐谷中香。不因纫取堪为佩，纵使无人亦自芳。"我在这些诗句里逗留了许久，想起小时候到深山溪沟里采挖野山兰的情景，那里深藏着清澈的溪水，遍布着经水洗涤一新的簇簇花草。此时，我的眼前竟似乎出现山泉叮咚、山花烂漫了。我痴痴地想，芷兮芷溪，这可爱的芷草，是不是如我当年见过的那一棵棵长叶飘拂的兰科植物？

心里念着这一棵幽香的芷草，我在隆冬时节拜访芷溪村。这一天正是圣诞，在西方的节日里品尝中国传统文化大餐，别有一番情致。霜风阵阵，我的心却热着，整个上午，被文化的土壤包围熏陶。这美丽的"芷草之溪"，她以山村面貌隐藏着这般深厚的文化底蕴，我是着实震惊的。

素有"连城南大门"之称的庙前镇芷溪村，是一个客家万人古村落，人呼"千烟之家"，这个名称让我想象着千烟燃起、万家灯火的气势与温馨。从高处俯瞰，这里的座座古宗祠和"九厅十八井"屋脊相连，飞檐翘角，青砖黑瓦无不透着古建筑的文化精髓。远望去，村庄为修竹茂林掩映，一如唐人的诗句"绿树村边合，青山郭外斜"。

沿村庄大道走，我到了有名的"黄家宗

祠"，门前半月形的池塘构造玲珑精致，惜乎无水。吸引我的却是门前一对大石狮，照例的一公一母。母狮护卫下的幼狮显然和别处不同，这一只小狮不是被踩在母狮脚下，而是以撒娇待抱的姿态正面扑入母亲怀里，好一幅舐犊情深的动人画面。遗憾我总不习惯带上相机，只好请同行文友为我拍下这珍贵的镜头。我想，伫立在这儿的深情的完全人性化的石狮母子，不也是芷溪最温情的文化见证吗？

我惊奇于这儿的客家古民居之多广、精致。仿佛只步行了几米，见一家门楼上书写着"大夫第"，才转身离开几步，又见另一处"大夫第"。到底有几家这样宏伟气派的大夫第，我没留心去数。问是何原因，一个山乡的村庄竟能从明清时期起涌现如此多的大夫第？文友兼导游芷溪人黄茂藩老师告诉我，芷溪明清时期商业发达，特别是清康熙年间，至潮州的航运开通后，一方面芷溪当地拱桥店、凉棚街、十字街等街道兴建起来，另一方面外出经商的人也逐渐多起来，物质丰富了，经济繁华了，芷溪人崇尚文化的步履也就坚实了，结构精巧、文化内涵丰厚的"大夫第"就在这样的背景下应时而生。正是如此。经济繁荣与文化繁荣是孪生兄弟，经济的蓬勃发展，才有了芷溪村更加生机盎然的文化大观。

走进芷溪村，座座深宅古院，人文蔚起。据说，这些都源于客家人慎终追远、敬祖睦宗的传统美德。当地人说"千斤门楼四两屋"，客家人认为，门楼是一幢房屋的门面，体现着主人的身份，特别重视门楼的建造。这些大宅院的门楼虽经风雨剥蚀，却依旧雄伟壮观，那些横书于门楼上的字依旧苍劲醒目、人文突显，让人沉吟良久。在宏大的杨姓渔溪公祠，牌楼上的繁体"南离辉映"四字为清代著名书法家何绍基所书，每字均缺少一笔。为什么？因为，该建筑与北京故宫为同一坐向，民间建筑与皇家建筑相同是一大忌，为此，特于大门石牌楼名称上做文章，这样设计的目的在于求得制化。我恍然大悟，这确是更为高深的文化内涵了。

我们到了回家采风的文友婆家喝茶小憩。

看得出，她夫家祖上是富庶一族。出乎我意料的是，她家屋楼前竟然有月池和假山！几个文友忍不住站在如此别致的屋前合影留念。我只顾着感叹，却又忘了询问，这月池和假山后面可蕴藏着什么故事？如何雅适之人才能如此把山水引入宅第来供奉着？

我们在屋里津津有味地吃着小时常见的农村特产"兰花根"。此刻，我又惦念起芷草来了。之前，我行走在环绕着古民居墙下汩汩而流的水圳旁，赞叹之余，忆起了一样绕城而流的丽江和凤凰的水，忆起了沈从文先生关于芷草的文字描写。我用本地话问行走在田间的当地妇女："这儿溪里还有芷草吗？芷草是不是像野山兰那样的草啊？"她回答说："不识得哩，现在是冷天，草都被霜打死了，春天来就可能有。"

唉！"外则尽物，内则尽志；听于无声，视于无形。"看来，我徘徊在一家古民居内抄下的这副对联，似乎回答了我什么。芷草，她是听于无声、视于无形的吗？

我于是向往着春天。那是怎样的画面？溪

边两岸芷草郁郁青青，民宅四周芷香芳菲幽幽，花灯十里，山光如岚。

"兰芷溢香处，人步画图中。"到那时，我一定再来。

流逝在故乡的美好岁月

陈　颖

　　我的故乡——永泰县嵩口镇藏在高山之中人未识，因了历史文化名镇的盛名，近年游客纷至沓来。虽在离故乡不远不近的省城工作，且每年都会回故乡若干次，对故乡近年的变化和进步耳闻目睹，但我总有一种担心：他乡游客到了嵩口能看到什么呢？两个张氏先人（张元幹、张圣君）的遗迹、几座破旧的古民居，外加若干当地风味美食，难道所谓的历史文化名镇就是这些吗？近些年到过国内许多著名旅游景区，常常感叹商业气息对于自然和人文景观的过度浸淫，但庆幸的是我的故乡嵩口似乎还是一块相对天然和纯净的故地。

　　嵩口位于永泰县的西南部，与闽清、德化、

仙游、尤溪等县接壤，自古就是"三府六县"通衢的交通要道、商贾云集的商贸重镇。每逢农历初一、十五是嵩口的"交流"（即赶圩）日，四邻八乡的乡亲都会在这一天云集嵩口古镇，带来农副土特产品销售，换回自己需要的生活日用品。这个古老的商贸传统保留至今。儿时在故乡，偶尔会在初一、十五这一天遇上不用上学的周末或假日，便向母亲讨来五分、一角钱，在挤挤挨挨的人群中穿梭猴窜，可能什么也没买，只为感受那节日一般的热闹气氛。

20世纪70年代末，我离开家乡来到省城上高中，初来乍到大城市总觉得与城里的同学隔着一层什么，大约是从小化在骨子里的嵩口人淳朴的乡土气难以融和进城里孩子的傲气中，以至于到如今年过半百，自我感觉还是和青梅竹马的小学、初中同学比较有感情。后来上了大学又留校工作，住着"钢筋水泥密封罐"的高楼大厦，看着自己的孩子从小生长在城里，每天除了上学和对付没完没了的家庭作业，唯一的乐趣就是关在房间玩电脑游戏，不禁替他感到悲哀——这样的童年少年生活又有什么意思呢？想我儿时，既无升学考试的压力，也无多少家庭作业的重负，寒暑假和周末，家乡的古厝大宅和大樟溪畔的田园山野便是我快乐的天堂：下水摸溪螺、上山采野果、田里钓青蛙、树上掏鸟窝……我常想，一个人一生的理想状态是什么呢？我以为应该是顺应自然、尊重天性、得其所得。"玩"和"顽"是少年儿童的天性，和大自然亲密接触，认知世界，充分释放小小的自我是每个孩子应有的权利。可惜，今天我们的教育制度把孩子们的天性彻底扼杀，上课考试无穷无尽，钢琴画画外加补习，成了这一代孩子生活的全部。

我庆幸自己拥有过理想快乐的童年生活。十岁之前我生活在外婆家，是在一座正宗的清代古民居中生长。我外公属于嵩口张氏家族的"惟"字辈。张氏是嵩口的大族和望族，不仅因为其先辈有光耀历史的南宋抗金名臣、著名词人张元幹和福建最大的农业神张圣君，而且在于在嵩口镇张氏人口最多，家族住所范围也最大。嵩口张氏主要聚居在嵩口镇中心的"张家里"。"张家里"是由三座规模较大的古民居组成，分为祖厝、前厝和后厝，我外婆家就在前厝"瑞文居"。这大厝，是孩子们捉迷藏、玩打仗等军事游戏的理想天地。至今清晰记得，正厝大门口有两只石雕雄狮左右对峙，狮口各含着一颗能够滚动的石球。我常骑坐在石狮背上，摸着狮口里的滚球，迷思于这嘴小球大的石球是如何被狮子吃进去的。可惜这两只威武的镇厝雄狮如今已不复存在，被人盗卖多年了。欣慰的是，正厝中央天井大堂左右摆放的两口清道光大水缸至今依然完好无损。曾记得，儿时调皮的伙伴们常在大水缸边嬉戏，或将小手伸进缸里抓鱼，或爬上缸缘绕行。瘦弱胆小如我，既抓不到鱼，也爬不上缸，就伺机偷袭在缸缘上洋洋自得的小伙伴——猛然将其一把推到缸里，然后迅速跑开，躲回家里。

正厝中央厅堂不仅是古厝的地理核心、孩子们戏耍的理想场所，也是古厝的文化灵魂所在，那里的飞檐走壁、门棂墙头，到处镶嵌着木雕或泥塑的人物、花鸟、走兽，虽历经百年岁月仍亮丽如初。儿时不解其中所表现的《三国》《水浒》《西厢》《红楼》等人物故事，待长大储备了足够的文化知识回到家乡，却遗憾那些门框上的小人已剩残肢断臂，面目不清了，只有那些人手够不着的墙檐上还镶着摇摇欲坠的彩色泥塑。中国的古民居大都有如此这般凝固在墙头屋角的传统文化艺术的物化形态。嵩口古镇古民居多，方圆百里，光清代古厝就有一百六十多座，如果没有"文革"的破坏，这些文化遗产当洋洋大观，叹为观止。

古厝正厅通常还是家族聚会的中心，大凡婚丧喜悲活动都会在这里举行。至今令我垂涎三尺的是家乡的传统喜宴。嵩口自古物产丰茂，风味美食可口诱人。嵩口喜宴名目繁多，婚宴有订婚宴、结婚宴、回门宴，生男孩有生诞酒（孩子出生第三天举行）、满月酒、周岁酒，等等。嵩口喜宴通常在中午举行，全宴分为三出，每出有四道菜肴。一出结束，主人会端出脸盆毛巾，让宾客洗脸净手，中场休息片刻。因此，一场喜宴短则费时两三个钟头，长则从中午绵延到晚上。印象中，宴席的第一道菜肴必是蛋燕。

蛋燕是由鸡蛋和地瓜粉按一定比例糅合煎煮而成，配以香菇、黄花菜、冬笋等山珍，颜色黄澄，味道鲜美。蛋面变成蛋燕，据说是与一则皇帝微服私访的故事有关。传说，明朝正德皇帝曾来到嵩口，正值嵩口巡检司周大人下田耕作，司衙大放空城。帝令随从在衙门击鼓，兵丁闻鼓声很快齐聚衙门。皇帝看着挽袖拎锄的周巡检和众兵丁，官不官、民不民、兵不兵、农不农，龙颜不悦。细问之下，方知是因为衙门俸禄太少，众官兵不得不自力更生，通过耕作解决温饱问题。百姓纷纷称赞周大人为官清廉，勤政爱民，不涉民脂。皇帝亲眼看见周巡检的午餐也就几条番薯，而周巡检敬奉皇帝的也只有这些番薯。衙门旁边的邻居看不下去便煮了一碗祖传蛋面奉客，皇帝吃了这碗黄澄澄、香喷喷的蛋面，龙颜大悦，问此佳肴名称。或许是南北乡音差异，将面听成燕，皇帝金口御言，从此蛋面成为蛋燕，名扬天下。皇帝为周巡检的清正廉洁所感动，御赐嵩口巡检司一项特权："铁印直行"，即嵩口巡检司的呈文可以直通中央。一道美食演绎出一个官民关系的美妙故事，与其说是嵩口百姓自古喜欢攀龙附凤，毋宁说是民间盼望清官和好皇帝的普遍愿望的反映。

嵩口能够被授予"中国历史文化名镇"，与我外祖父的先辈张元幹、张圣君有极大关系。离镇中心七八公里的月洲村是嵩口张氏的祖居地。相传福州地区张氏入闽始祖张睦，其子二人依梦寻找"桃花流水，环绕沙洲"的久居处所，顺大漳溪逆流而上，发现"五十里许有水口，沂小溪而入，桃花盛开，其洲如月"，于是择此而居。月洲确为人杰地灵之地，不仅环境优美，犹如世外桃源，而且文运深厚、名仕辈出。小小的月洲村，自宋代开始一共走出了四十八位进士，南宋爱国词人张元幹、闽台共同敬奉的农业大神张圣君、永泰第一个进士张沃皆出于此。中文专业出身的我，其实在读大学上《中国古代文学史》课程时就对张元幹略有所知。老师在讲授唐宋文学时必提张元幹。这位爱国词人、嵩口先贤的词作品能够进入中国文学史的视野，令我等后辈无比崇敬和荣耀。张元幹的词慷慨激昂、豪气冲天，其中《贺新郎·送胡邦衡待制赴新州》等作品是中文系大学生必读，也是毛泽东主席晚年十分喜爱的词作品。谈到文学史上的张元幹，嵩口古镇另一文学名人也不能不提。人们对歌颂宋代抗金名将岳飞的清代小说《说岳全传》都耳熟能详，却少有人注意到小说的改编作者之一金丰实乃嵩口镇玉湖村人。《说岳全传》卷首题"仁和钱彩锦文氏编次""永福金丰大有氏增订"，永福即今天的永泰，金丰字大有。嵩口玉湖是金氏聚居地，听说山上有金丰的墓地，可惜至今未能亲眼考实。

嵩口作为历史文化名镇，不仅人文底蕴丰厚，而且山清水秀、环境优美，是永泰这一福州后花园的重要组成部分。十岁之后，我从外婆家搬回位于嵩口古街之米粉街、离古码头不到一百米的陈氏"序庐"。我曾祖父是清末年间从仙游度尾到嵩口开埠经商并定居的客商，属于嵩口的"外来户"。虽然民国时期建造的"序庐"没有我外婆家的"瑞文居"大，但终日从家门口淙淙流过的大樟溪的清澈河水、隔河而望的对岸的青山黛影和家门口婆娑摇曳绿油油的成片竹林，构成了一幅十分优美的山水画境，是理想的家居住所。如果说，在外婆家我更多濡染的是嵩口传统文化的气息，那么，在陈氏"序庐"则感受到的是嵩口自然环境的美好。记得，每到周末和寒暑假，在邻居小伙伴们的邀约下，我们常在天色未开、雾气濛濛的清晨，就撑着小船渡到对岸，爬上山野攀树砍柴，快则两三小时，慢则自带干粮午餐，七八个小时才荷担而归。而今回想，那上山砍柴劳作走过的蜿蜒曲折的山路，和风吹拂着的深山绿林、成片野花，山涧汩汩流出的清澈甜润的山泉，还有那此起彼伏、悦耳动听的鸟鸣声……这些不都是现今城里人无比向往的旅游胜境吗？只可惜少年的我，那时只体会到砍柴的辛苦，却难以想到自己其实是终日置身在美景佳境中。

难忘家乡，祝福嵩口！

古镇九峰

黄荣才

　　行走在古镇九峰，商贾的味道浓郁于其他普通的乡镇。喧嚣的叫卖声、来来往往的汽车声不时冲击耳膜。但是让我心醉的不是这样的热闹场景，而是不经意间展现出文化味道，也许就在一扇窗户，也许就在窗棂之间，也许就一堵墙或者一块石板，历史的味道不时飘忽出来。

　　从明正德十三年平和置县伊始就是县城的九峰镇，变化的不仅仅是名字从河头大洋陂到九峰，在历史长河汹涌向前的时候，有些东西就此积淀下来，形成一个地方的独特气质。九峰诸山环抱，左有天马之驰逐，右有大峰之蜿蜒。碧溪浮月而东来，石潭绕绿而南注。从明万历年间，已在民间流传的双髻升曦、九峰返照、东郊春雨、西岭暮霞、天马晴烟、石潭秋月、笔山侵汉、壁水澄波到九峰老街，从文庙到并不多见的在县城却以府级建制的城隍庙，从古镇双塔到石牌坊，九峰可以让人说道的地方有很多，就是那一段短短的老街，就足以让人在时光的回旋里感慨岁月。

老街不长，也就一千来米，不过现在容颜未改的地方只剩下百来米了。许多时候变化是发展，而对某些文化来说，维持旧貌却是一种保护和传承。老街街道宽不过十来米，用青色条石铺就的路面，闪烁着有点凉意的泛光。两旁是骑楼式的老房子，不加修饰的木板门。骑楼下的通道，大块大块的条石还雕刻着不同的内容，如此精美的石板却是被踩踏脚下，人们的感慨不是暴殄天物，而是阔绰。柱子旁或者门槛内外看到的石墩子或者小石臼，摆放到博物馆里就是文物，可在这里却是只有点缀的作用。屋里大多光线幽暗，给人一种历史的纵深感和某种神秘的气息。老街、老房子，一把上了年纪的椅子，皱纹纵横交错的老人坐在门洞里打瞌睡，时不时地摇扇着大蒲扇，也就有时光倒流的感觉了，恍然回到久远的从前。

二楼的外墙，木制的墙体上是有许多精美的雕刻。"破四旧"盛行的时候，有位慧眼之人，以装修为名，在雕刻外薄薄地粉刷了一层白石灰，然后写上当年盛行的标语，雕刻为此保存下来了。如今石灰脱落，雕刻隐隐约约地出现在视线之内。

在老街尽头，有座庙，挡住视线，给人留存无限遐想。拐角处，有一条石径，通往十多米外的河流，那是另一种的风景了。

老街曾是旧县城最热闹的地方，如今热闹已经远离了，没有了人来人往的街道有点冷清，仅有几个老人在有点幽暗的门里好奇地看着前来参观的游客。

老街不长，记忆却很长。

如果说老街是可供把玩的一件挂件，那城隍庙在九峰镇，应该是分量很重的一颗珍宝。

从明正德十四年到现在，已有近五百年历

史的城隍庙依然矗立在那观看沧海桑田、白云苍狗。城隍庙肯定会衰老的，青砖上的青苔就是它的老年斑。但城隍庙也是一位精神矍铄的老人，因为他依然坚挺在那儿。从泛黄的故纸里，知道城隍庙曾于清康熙三十六年、清嘉庆五年两度修建，这就宛如一个衰老的老人突然返老还童，重新焕发生机。几年前，城隍庙再度重修。也许，就在不断的修建中，有些东西得以保存下来，如果摈弃了修建，更多的东西就消失在时光深处，成为历史的烟尘。

城隍庙是奏请添置平和县的王阳明建起的，不知道什么缘故，他在一个当时绝对是偏远县份的平和县却建成了府级建制的城隍庙，让后人凭空增添了不少荣光，也并存了不少疑惑。无论当时他的用意何在，府级建制的城隍庙事实上存在了，给人"宏其旧制，广其幽邃，饰以金碧，稍具大观"的印象，雕刻精美的龙柱给人华美的感觉，光滑的青色条石泛发历史的幽远深邃。九峰城隍庙和我到过的不少老房子一样，神秘且略带清冷。恢宏高大的房子也许并没有太多值得欣慰的地方，毕竟这样的房子在不少地方可以找到踪迹。城隍庙令人叹为观止的是其保存完好的壁画，精细飘逸的画风、简练清晰的线条昭示了当年绘画的技巧，二十四孝图等闪烁着传统文化和道德光芒。

九峰城隍庙的主神是唐代的著名诗人王维。至今无法明白王维怎么会成为九峰城隍庙的城隍都尊神。在唐代，平和绝对是"蛮荒之地"，史料没有记载，王维的履痕到过这里。而数百年后，王阳明在建成九峰城隍庙之后，为什么把他奉为城隍都尊神确实让人费解，再说王阳明是浙江余姚人，而王维是山西祁县人。

无论如何，王维成为九峰城隍庙的城隍都尊神，领受平和民众的香火已经近五百年了，并且留下了不少美好的传说。其一就是"城隍妈"金身和秀峰乡的渊源，所谓的"有公就有婆，有秤就有砣"，有了"城隍爷"，也就有"城隍妈"。清朝，九峰信众要重雕"城隍妈"金身，但找了好多的木材，雕刻之后很快就腐烂了，信众说那是"城隍妈"不合意。最后在离九峰二十多千米的秀峰乡，找到一棵樟树，雕刻之后，金身愈发光洁，九峰信众就把秀峰乡当成"城隍妈"的娘家。其他地方到九峰城隍庙迎神出巡，都是"城隍爷""城隍妈"一起出动，并且要敲锣打鼓迎去送回，唯有秀峰乡可以在演社戏的时候单独迎接"城隍妈"，并且只要迎去，回来是不用管的，只要捎个哪天回来的信息，九峰的信众自会敲锣打鼓去迎回来。

如今的城隍庙在九峰镇依然很热闹地散发着历史文化的芬芳，依然有许多信众前往。观众以不同的心态前往，看到不同的内涵，仁者见仁，智者见智，无须统一的格式，而城隍庙，在那里宠辱不惊地经受岁月。

看不尽的湖头

林轩鹤

看不尽湖头的山，看不尽湖头的水，看不尽湖头的人。

湖头的山，南有翠屏山，北有五阆山。湖头西南翠屏山，山上有泰山岩，供奉着由宋代高宗皇帝赐封的显应祖师，据说香火旺盛的时候，烟云凝聚，浮云绕殿，号称"七佛春云"，为湖头十景之一。湖头之北五阆山，横亘六七里，山中有龙潭，中产四足鱼，能知风雨。山麓泉自石罅出，凿池贮之，有高僧尝之，曰："此为蟹眼泉也。"五阆山之景最为出色者"阆山雪意"，亦为湖头十景之一。湖头十景其余：东甲晓雪、霞浦鱼灯、白濑溪声、山台夕照等等，不可知晓。由于行色匆匆，只好留待下一次探寻了。

说到湖头的水，却让我有大发现，产生大惊奇。安溪旧名"清溪"，清溪，意清清溪流，可见安溪旧时即是水乡。安溪县从地图上看是一个狭长的行政区域，习惯上有内、外安溪之分。而其中，湖头镇正处于内安溪和外安溪的交界处。据说明正统年间，湖头人李森带人疏通航运河道，遂使这里成为上达汀、漳，下连兴、泉的航运要冲，内地的瓷器、竹笋、茶叶，沿海的食盐、布匹、药材，在这里交汇中转，一时湖头商贾云集，成为名闻一时的商业小镇，号称"小泉州"。这一切让你想起：沿河的人家，往来的舟楫，货物排江而下，上行的船只穿越险滩，纤夫呼喊着号子……让你想起沈从文笔下湘西水乡那样的动人情景。

可是这一切为什么不复存在，只留下清清的溪水在时光里静静地流淌？

湖头历史上有溪，有滩，有渡，这是有据可查的。

溪为清溪。滩和渡呢？去看《安溪县志》，

里面有一段记载：

（湖头溪）自县北长乐间屏诸峰发源，至建口渡，历新魁渡，至感化为下林渡。溪有马上滩、渊滩。当溪阻石数百丈，水从石罅出。明正统年间，邑人李森凿使深广，遂通舟楫。上有湖头市，号"小泉州"。

从这一段记载来看，当时的清溪上，滩有马上滩、渊滩，渡有建口渡、新魁渡、下林渡，意思十分明确，也印证了前面的那一个传说。

如果你还不满意，请你走进中山老街的船巷，船巷尽头有一个大使宫，里面供奉着航海家郑和。在街巷中行走，你还可以听到"早送竹排下泉州，晚看船巷亮渔火。清溪滔滔东流去，激浪高唱母亲河"这样的民谣。

在街巷中细细搜寻，重新梳理一下史料，历史的真相呈现在你的眼前，你惊奇地发现，这个大山深处的小镇隐藏着一个如此巨大的秘密：船行上下，货物堆积，商贾云集，船工渔歌……那一种繁华与欢悦，梦一般生活的情景在你眼前浮现，并且逐渐清晰起来。在默默地赞叹之中，你想起这山中小镇，一座座庞大的悬山式燕尾脊闽南古大厝，让你想起一种富庶的生活，还有米粉、鸡卷、咸笋包、芋包、牛肉冻等等那么多名小吃，那一种悠闲的趣味，这一切需要经济上的强大支撑，现在一切得到了最好的解释。

看完湖头的山，看完湖头的水，想起湖头的人。

历史上湖头人知书重礼，注重培养子弟读书参加科举，据说从明永乐到清光绪的五百多年间，湖头入科第者近百人。其中李光地家族四世十进士七翰林，堪称一绝。

李光地，世称安溪先生，清康熙九年进士，吏部尚书兼文渊阁大学士，清初理学名臣，为官期间政绩卓著：参与平定耿精忠叛乱，疏浚漳河、子牙河故道——湖头贤良祠书屋西侧外墙上至今镶嵌着康熙帝亲书的《巡子牙河建坝诗》碑刻，推荐施琅平台等等。康熙称他："谨慎清勤，始终一节，学问渊博。"并言："朕知之最真，知朕亦无过光地者。"可见两个人关系非同一般。康熙曾三次赐匾李光地，表彰他的功绩："夙志澄清""夹辅高风""谟明弼谐"。这种皇恩浩荡，是不一般的待遇。后来李光地辅佐胤禛，成为雍正皇帝的老师。贤良祠里雍正帝的《谕祭文》碑，对他有很高的评价。入科第者不易，为宰辅者不易，流芳后世更不易。李光地是真有学问者，一生著述甚丰，有《榕村语录》《榕村文集》《榕村别集》等传世。行走于官场，一方面战战兢兢，一方面辛勤劳苦，能腾出时间来做那么多学问，本身就不容易。

来往于李光地的新衙和旧衙之间，在殿庑廊檐间穿行，瞻仰一道道牌匾，感受着三百多年前的功勋卓著，最后又来到榕村书屋——李光地读书处。没想到这一个喧闹的小镇里还有这么一个安静的去处：一排优雅精致的古建筑，前面一方荷塘，背后便是五阆山。在这样安静的地方开辟出一间书屋，可见眼光非同一般。站在书屋的廊檐下，想起李光地的《家训·谕儿》"口不绝吟于六艺之文，手不停披于百家之篇",似乎有朗朗书声在你耳侧响起。这时候,你不难想到当时李光地家族强盛一时的原因了。

十七年前来到湖头,知道它是一个民风淳朴的地方。十七年后故地重游,发现它——一个小镇的不平凡的历史,但也许只是冰山一角。

徜徉石壁村

连传芳

北有大槐树，南有石壁村，石壁这片圣洁的土地让客家人繁衍了一千多年。石壁这座村落始建于何年，我无从知晓，但我知道如今的石壁是世界客家人心中的圣地，是闻名遐迩的客家祖地。任何关于悠古、壮美的形容词在石壁面前都显得苍白，也很难用语言去概括它。

掐指一算，我来石壁，也有十多次了。我不像大多数人一样，只有闲暇时，才偶尔逛上两圈，那只是小消遣。也许是因为对客家文化痴迷的潜移默化，也许是因为自身独特的兴趣取向，或者是因为城市高速发展的缚茧使我透不过气，我对石壁显得极其迷恋。在群山环绕、层峦叠嶂的山上，遍野的树木郁郁葱葱，驱车行走，淹没在群山和林海中。车窗外那一片片绿、连绵的群山和天空中的丝丝白云，一切都是那么宁静、安详。

石壁是一个地地道道的文化古村，进入村内，一股浓郁的文化气息扑面而来。在石壁放眼望去，只见并不宽阔的马路和两旁墙面斑驳的民居。在这里仿佛时间是凝固不前的，古井、古树、古建筑处处弥漫着一股悠古的气息。

午后的阳光落在身上、落在树梢、落在老旧的屋檐上，一切都是那么温暖神秘、那么触人心灵。当我向一位正坐在路边的老人询问张氏祠堂在哪里时，他指着身后一座古厝对我说："那就是祠堂。"看着这斑驳沧桑的大门，我大为诧异，一种新鲜而又神秘的感觉涌上心头。

老实说，我很早就知道石壁村保留了汉帝庙、刘氏祠堂、黄氏祠堂、张氏祠堂、三圣庙和客海寺等古建筑，他们是客家祖地最直接的证据。可数年前，当我第一次来到宁化寻访古祠时，真的觉得无从下手。我之所以这样说是因为这里的祠堂大多是藏身于民居之中，彼此相互结合在一起，外行分辨起来难度颇大。石壁祠堂的结构形式多样，建筑布局各异。一般的祠堂规模不大，而个别地位显赫的祠堂就可以建到数十间房间。大部分祠堂有高大的墙门、正厅和享堂，正厅两侧还有厢房等建筑。庭院种植有花草树木，庄重典雅，但总体上仍不外乎传统的中轴对称、纵深布局的方式。其纵向进深及横向路数，随祠堂的规格、建造者的财力、用地规模形态而变化。石壁村祠堂的发展轨迹，其实就是一部凝固的客家史，祠堂本身也在历史变迁中异彩纷呈，这些不同年代的建筑物，就充分透出岁月的斑迹和沉淀的辉煌。

　　走进石壁每一座祠堂，就如同走进了客家历史长河，这里的每一座建筑都在展现着她独具一格的惊艳造型。置身其间，如同穿越了时空的隧道，在蓦然回首的交错间再次融入客家先人鲜活灵动而原始朴实的生活。我发现每一座祠堂都弥漫着非常浓厚的敬重祖先和追根溯源的气氛，这从客家祠堂中精心制作的祖先牌位、祖宗画像以及怀念祖先、追述祖居地与迁徙历史的祠堂楹联中表现出来。一幅幅客家祠堂楹联，就是客家文化特质的真实写照。

看完祠堂，客家祖地文化祭祀区是石壁的重点。抬眼望去，牌楼、山门、祭祀广场、溯源桥、祭祀大殿、神坛、文化柱、观礼台、碑亭、碑林、文博阁等主体建筑按南北轴线逐次排列，显得气势恢弘、富丽堂皇。重建后的客家祖地文化祭祀区布局合理、疏密有致、风格古朴、典雅华丽，营造出一种古朴、庄重、肃穆、热烈、充满生机和活力的氛围。

宽阔的祭祀广场地面用花岗岩条石铺筑，祭祖时可同时容纳八千多人，彻底改变了过去祭祖场地狭小的局限。广场上还建有东、西两座观礼台，它们左右分列，端然而立，尽显雄伟壮观之气魄。祭祀广场内耸立着十六根雕刻精美的文化柱，雕饰层层回环的朵云，巨龙盘绕其间，雕工精细，形象生动，洋溢着吉祥、喜庆的气氛，象征了世界客家人热爱和平、团结统一、追求文明的高尚情感和道德风范。

沿中轴线北行即到祭祀大殿。祭祀大殿是

客家祖地文化祭祀区的核心部位，是祭祀客家
先祖的正殿，专为海内外客属乡亲祀奉客家始
祖之用。它面阔七间，进深三间。大殿屋顶为
歇山顶，雕透花脊，檐部施勾头滴水，前檐及
其他三面均有斗拱。前檐当间建有六扇隔扇门，
次间、稍间则各有四扇隔扇门。檐下的栏额、
平板枋为和玺彩绘、斗拱彩绘，精致华丽，绚
烂无比。

出了祭祀大殿，折身沿着神道拾级而上，
两侧古柏参天，形态各异，翠色长驻。行约两
百米的神道上，是一座碑亭。亭中置一高大石
碑，碑高一米多，上刻"客家魂"三个大字，碑
后是客家历史简介。碑亭由四根柱子支撑，上
部四角卷起处系有风铃，微风起时，风铃齐鸣，
悦耳动听。

神道尽头是客家公祠。伫立客家公祠前，
昂首而望，"客家公祠"四个纵向排列的金色
大字在公祠正中上方熠熠生辉，系客家后裔、
叶剑英元帅长子、全国政协原副主席叶选平手
书。客家公祠分前、中、后三厅，并由回廊连

为一体。前厅供歇脚和陈列姓氏渊源资料之用。中厅为正殿，也称"玉屏堂"，即神祖堂。堂正位的神龛，正中是客家始祖总神位，两侧是一百二十八姓始祖牌位，1995年进位之时安置。玉屏堂后进是文博阁，文博阁用文字、图片、书籍、族谱等宝贵资料，展出客家的历史、文化及石壁祖地习俗、风情。登上文博阁，放眼四望，发现园内古柏、翠竹、碑林、奇石千姿百态。远处，田野宽阔而平坦，尽是秋收后的稻茬，点点金黄，向远方延伸。

步出客家祖地文化祭祀区，顺着村道一直向里走，外边的嘈杂似乎隔于世外。一条条小巷藏于一座座民居之间。漫步光滑的青石小巷，抚着古老沧桑的木屋，犹如静静地走进那千年的风雨，倾听远古的呼唤，让思绪在时空里任意穿梭，在悠古的历史隧道里寻梦。

古典的和平

戴　健

　　和平古镇，是一曲饱含闽北乡土气息的山歌，从遥远传唱至今；是一颗古朴的明珠，从远古璀璨到今天；是一座历史博物馆，抖落的是尘埃，留下的是珍贵。

　　没到和平古镇之前，我对和平的古心存怀疑。但当脚步踏进和平那一刻起，我信服了和平是闽北古民居群的典范，是一处全国罕见的城堡式大村镇，是一幅蕴含浓郁农耕文化、古意盎然的水墨丹青。

　　位于闽北重镇邵武南部的和平，古称"禾坪"。古闽越先民早在四千多年前即在此拓土生息，在这块古老的土地上，点燃了文明之光。当地有文字记载的历史始于唐代，唐时称"昼锦"；宋为"昼锦乡和平里"；因唐代这里已经人口稠密，形成繁华的街市，故宋以后又称"旧市街"；元承宋制；明为"三十三都"，万历年间开始修宝塔、建城堡；清乾隆三十四年设和平县。和平城堡就地取材，全部用河卵石砌成，别具匠心。至今仍屹立的东门、北门谯楼见证了几百年的风雨；谯楼顶上，翻飞舒卷的仍是亘古不变的白云清风、沐浴的仍然是不老的朝晖夕阳。

这里古迹星罗棋布，不仅有城堡、谯楼、分县衙门，由明末著名军事家、民族英雄袁崇焕题写塔名的"聚奎塔"，闽北历史上最早的宗族书院——和平书院，还有许多庵庙宫观、祠堂及义仓，更有三百余幢明清民居建筑，仅建筑技艺精湛、雕饰精美、外观壮美的"大夫第"就有五座，是我国保存极好、极具特色的古民居建筑群之一。

古镇保留了完整的古街巷。城堡内有两条分别连接东西城门和南北城门的古街，街道两侧纵横交错的大小巷道，有的中间铺青石板，

两边铺河卵石，有的全部铺河卵石。贯穿古镇
南北的旧市街，被誉为"福建第一古街"。旧市
街两侧的店门尽管斑驳古旧，却遮挡不住古镇
曾有的繁华。侧耳倾听，分明还能清晰地听见
从街心青石板上传来的唐时的嘚嘚马蹄声、独
轮车吱呀呀的吟唱；看见宋时摩肩接踵赶集的
人群，志气飞扬的书生；闻到缠缠绵绵几百年
游浆豆腐的芬芳。这种芬芳至今浓郁，满满的
都是乡俗的滋味……

　　东门街两旁灰色的古砖墙，将石板街夹于
其间，以其灰暗的色调和凹凸不平的面容，向
我展示它的沧桑，仿佛每块砖里都藏着一个神
秘的故事、每一道墙缝都牵引着古镇人的情愫。
街面的石板，块块光滑，雨后更是光洁如镜、
如诗如画。诗云："江南冷雨北吹斜，人影百姿
映在街。洁石镜明非打锉，但凭千载万家鞋。"
这光滑的石板是古镇久远的印迹，盛放在一代
又一代古镇人的脑海里，难离难弃。

　　古街两旁分布着近百条纵横交错呈网状的
河卵石巷道，或长或短，或宽或窄，高墙窄巷，

古朴幽远。陌生人走进去非常容易迷路，极具挑战性。古民居鳞次栉比，既有中原古风，又具地方特色，堪称古民居的瑰宝。

和平古镇历史文化积淀深厚。从唐代到科举废除时，和平出了一百三十七名进士，被誉为"进士之乡"。许多传统的民风民俗传承下来，如傩舞、三角戏、浴佛节传经、游浆豆腐、摆果台等国家级、省级和市级的非物质文化遗产。和平游浆豆腐制作工艺堪称中国一绝，它是用老的豆浆作为酵母，发酵而成，不添加石膏与卤水，是纯绿色食品。和平的油炸豆腐别有特色，有诗赞道："温柔玉板满盘鲜，扑入油花唱又颠。金甲披身香四逸，千烹万煮总缠绵。"还有泥鳅钻豆腐、熏烤鲤鱼干、和平包糍、和平田螺、和平米粉等烹饪绝活，名闻遐迩，享誉久远。

轻轻行进在幽邃的古镇小巷里，把袅袅炊烟揽入眼帘，将鸡鸣犬吠听成一曲曲朴实动听的民谣，任脚步声回荡在古老的石板路上，把自己融入古镇，融入历史，去领略古镇的文明与智慧，去感知古镇千载有力的脉动。

我将古镇的繁华与沧桑融入灵魂。

和平古镇不乏豪门巨宅和有价值的建筑，砖雕木雕工艺精湛。

和平古镇砖雕不仅数量多，而且巧夺天工，件件都称得上艺术珍品。行走其间，犹如置身艺术的殿堂。

"花绽百姿草竞妍，鸟鸣千啭蝶翩跹。篷船摇橹漪澜丽，骏马扬鬃将甲坚。"这首题为《砖雕》的七绝，描写的就是和平古镇美轮美奂的砖雕。和平古镇内近百条的小巷在高墙间蜿蜒，古朴、幽静、深邃，见证百年夕阳烟雨。走进它，仿佛进入了那久远的过去，令人浮想联翩。不经意间，精美的砖雕就会扑入眼帘，令人心潮澎湃。

坐落于距古镇东门一百米处的"李氏大夫第"，为奉政大夫、知州李春江，奉直大夫、直隶州州同李奇川的宅第，此门李氏清晚期"一门九大夫"。其门楼为砖石构六柱五间一门牌坊式八字门楼。门楼左右三组梯级挑檐，烘托出顶檐的上冲之势，整个门楼气势恢宏，极为壮观。挑檐砖质斗拱层叠，样式华丽。砖雕内容丰富，有历史人物故事、多种动植物和吉祥图案。砖雕以大门的中间为中轴线对称展开，注重在对称中求变化。中轴线两侧画幅讲究对称美，画中的内容却不是一模一样的，但都风采动人、栩栩如生。八字面的墙上有四幅《三国演义》的典故："斩颜良""华容道""长坂坡""博望坡"。四幅砖雕采用了浮雕和镂空透雕的技法，所雕人物造型精美，将人物的喜怒哀乐惊展现得淋漓尽致。还有一幅"宋太祖千里送京娘"的砖雕，人物、战马形状生动，雕刻玲珑剔透，画面极为精美。门楼雕刻这些历史人物故事，折射出房主人崇尚"忠""勇""义""孝"的思想。此外，雕刻精美的松、竹、梅、鹤、鹿、麒麟等的组合画面错落有致分布在巨大的门楼上，极具美感。最奇特的是，在题额上方左右两边各有雕刻精细、活灵活现的一只凤、一条龙。不过所雕之龙在凤的下方，与传统的龙在上、凤在下正好相反，是典型的清同治年间产物，历史时代特征非常明显。在这里既可欣赏精美绝伦的砖雕，也可感受到历史的印迹。

坐落在和平街东侧的"黄氏大夫第"，合院三进两厅，正厅为一厅三天井，均三开间，南侧有护厝。砖石构四柱三间一门牌坊式八字门楼，砖雕丰富精美，富丽堂皇，有简洁疏朗的图案，有内涵深刻的画面。四幅主画面采用粗犷的写意技法，雕刻了梅、竹、松、锦鸡、鹤等物，谐喻"松鹤延年""富贵长留""竹报平安""锦绣美满"，既有深刻的文化内涵，又有浓郁的地方特色，与"李氏大夫第"写实的砖雕对比起来欣赏，别有一番情趣。

古镇区东南狮形山上，矗立着一座宝塔。宝塔为砖木石混构，是研究古塔建筑艺术的珍贵实物资料。宝塔六面均外辟拱顶窗龛，龛内砖质浮雕神佛像，形态各异，表情生动，有很高的艺术价值。龛顶砖雕花草图案，精巧、华丽、大方，与佛像相得益彰。更为珍贵的是，塔名"聚奎塔"是由袁崇焕题写的。"聚奎塔"三个字笔画苍劲有力。

古镇民居木雕内容丰富，既有花草图案，又有历史故事。"二十四孝"中王祥"卧冰求鲤"、吴猛"恣蚊饱血"和孟宗"哭竹生笋"的典故，历史上著名的故事，如"萧何月下追韩信"等，尽展于门窗之上。这些雕饰，技艺精湛，人物传神，栩栩如生。

和平古镇民居中所荟萃的精美的雕饰，集中体现了古代闽北工匠高超的工艺水平，彰显了和平深厚的文化底蕴。

和平文化炽盛，和平书院承载了教化的使命。

古朴苍老的和平书院，至今仍然挺立在古镇之西的深巷间。

它为后唐工部侍郎黄峭归隐故里创办。黄峭心怀复唐的志向，面对不可逆转局势，没有苟且于朝堂，毅然地选择了归隐，在和平根植了培育才俊的梧桐。

黄峭不仅是一位贤者，还是一位思想在当时空前豁达之人。黄峭，娶三妻：上官氏、郑氏、吴氏，三妻各生七子，共二十一子。

后周广顺元年黄峭适逢八十寿诞，大会姻亲。在盛大的宴席上他面对儿子、媳妇慷慨陈词，并对家事做了新安排。他说："古谚'多寿多忧，多子多惧'，你们兄弟二十一人，本想全留侍我身边奉老。但以我戎马半生经验，眼见战火所过之处，皆成废墟，一到安定后恢复农桑，又成乐土。现拟三房子媳各留长子侍母送老，余子各给马一匹、家谱一套、资财一份，信马所到，随止择留。"他还口授一诗以赠别："信马登程往异方，任寻胜地振纲常。足离此境非吾境，身在他乡即故乡。朝夕莫忘亲嘱咐，晨昏须荐祖蒸尝。漫云富贵由天定，三七男儿当自强。"中国社会几千年来的传统习惯总是子孙承袭、依靠父辈的福荫，父母为子孙营造安乐窝"父母在，不远游"，是从孔夫子那里传下来的传统观念。而黄峭却能意识到"多寿多忧，多男多惧"，意识到"燕雀怡堂而殆，鹡鸰巢林而安"，摒弃封建社会根深蒂固的传统观念，告诫子孙"漫云富贵由天定，三七男儿当自强"，教育后人自强自立、不袭父荫，毅然分遣子孙远走他乡自己开拓创业、繁衍发展。从此，那份"我在哪里，哪里就是家"的气概，就在黄峭子孙的胸怀萦绕，在他们的血管里流淌。血缘深处，埋下了敢于探索、冒险和流浪的基因。

和平书院初创时是一座黄氏宗族自办学堂，专供族中子弟就学，开创了和平宗族办学的先河。邵武南部各姓氏宗族竞相效仿，宗族办学自此相沿成习。自宋以后，和平书院逐渐成为一所地方性学校，吸引了一大批历史上著名人物到书院讲学。宋代著名理学大师朱熹、"程门立雪"的杨时都曾到和平书院讲学布道。和平书院东面门上的"和平书院"四字就是朱熹题写，伫立其下，犹闻那铁勾银划弥漫的墨香。和平历史上造就了一批又一批英才人杰，宋代大理丞黄通、司农卿黄伸、榜眼龙阁待制上官均、元代国史编修黄清老等，都是身着青衫从和平书院走出，跨入峨冠博带的人臣之列的。

在和平书院莘莘学子中，也不乏才情如炬，但寄情山水、不屑仕途的清雅之士。明代山水人物画家上官伯达就是其一。他以一幅百鸟朝凤图而名扬朝野。盛名之下，他婉拒了唾手可得的功名，拂袖投身于青山绿水间，尽展生花之笔。在邵武的宝严寺内，他那超凡脱俗的丹青，至今依然撼人心魄。

沿着被学子的布履研磨如镜的青石板路，缓缓接近书院。斑驳的马头墙和墙头的野草显出岁月的沧桑，我的眼睛从时光的深沟里打捞起学子匆匆的身影。驻足书院的院门口，心间陡然而生敬慕之情。和平书院始建时是什么模样，已无处可知。在千年的时光中，它塌了又建，建了又塌，绵延而不辍，生命力之顽强令人感叹。现存的书院是修建于清乾隆年间的建筑。院门青砖筑就，匠心独运，顶部形状像一顶官帽，三扇门形成了一个"品"字。品字形院门寓"万般皆下品，唯有读书高"和学而优则仕之意，砥砺学子勤勉学习。一个"品"字，不知桎梏了多少人的才情，身陷八股之中，但它又是当时读书人最好的出路，让读书人不追求也难。品字由口字垒成，我们的先祖在造字的时候，似乎就向读书人指明，要为官就要备尝人间五味。而绝大多数读书人尽管一辈子"头悬梁，锥刺股"，结果却如"口"字一般只是一场空，在无比失落中终老。他们至死也无法摆脱仕途对他们的羁绊，这就是当时读书人的无奈而伤感的情结。

进入书院正厅，必须登十三级青石板台阶，前六级为读书打基础之意，从第七级开始为七品至一品，寓意步步高升。大门上方的木雕月梁为打开书卷的样子，寓意"开卷有益"。"书卷"上原本镶嵌着"天开文运"四字，令人惋惜的是现已不在，只留下模糊的印迹。

书院正厅为授课之所，正上方悬一匾，上书"万世师表"四字。匾是新做的，从中可见古镇居民对传业授道夫子的褒扬之情。俯视脚下，地砖已被磨蚀得坑坑洼洼，里面涌动的是学子的汗水。环顾四周，已不见古人踪影，眼前却浮动着学子研习四艺的场景，悠扬的琴声在耳畔响起，经久不息。

和平书院居于古镇一隅，尽管不如白鹿洞书院、岳麓书院、嵩阳书院、应天书院一般名满天下，但它教化一方子弟的操守却不打半分折扣。它将儒学的思想浸染进古镇的每一条街巷，绵延千年。至今民居中遗存的"忠孝持家远，诗书处世长""世间只两样事耕田读书，天下第一等人忠臣孝子"的竹木刻楹联，仍流淌着儒家文化的芬芳。

但愿和平书院的墨香在古镇上空恒久不散。

五夫怀古

胡凤俤

兴贤古街横贯武夷山五夫镇，长达一千多米，据说早在中晚唐时便具雏形，更在宋代盛极一时，布局有籍溪、中和、儒林、朱至、紫阳、双溪等六坊，这些蘸着浓浓的儒家文化意味的坊名，仿佛悠悠地诉说着"武夷三先生"出生地及宋代大儒朱熹成长地的无上荣光。然而，对于一个初次抵达这里的游人，像我，但见那沿街林立的老字招牌、酒旗幌子，以及挨挨挤挤、比肩而立的古代建筑，却总也辨别不清里坊之间的分界线。

阳春三月，午后的阳光洒在古街两旁宅居的黑瓦白墙之中，像是一位细腻的画师调匀了暖色，把沿街的客栈酒肆或民居宅院的木柱、栏杆涂抹上一层金黄，那原本逼仄的老街、灰暗的老屋也似乎顿时豁达明亮起来了。在这一派融融春光之中，在这悠长的古街巷道之间，在那被鞋底磨洗得锃亮发白的青石板路面上，我们慢步前行，杂沓的脚步虽然轻轻落下，却分明激起了千年古街沉淀下来的文化音符，如午间空气悄无声息地合围过来，让我们拂了一身还满。那街道两旁被风雨侵蚀的斑驳的封火墙，将小巷衬托得越发狭长幽深，我们仿佛穿越在漫长的时光隧道，如影相随的总有一道抹不去的历史文化印痕。

一边行来一边听，我抬眼赫然望见到石坊门上镌刻着"三市街"横额，何谓"三市"？唐人李善注引《周礼》："大市，日仄而市；朝市，朝时为市；夕市，夕时为市。"朝夕设市，永昼交易，商贸往来，足见繁华。隋朝江总在《大庄严寺碑》曰："前望则红尘四会，见三市之盈虚。"宋代词人张孝祥亦称："繁会九衢三市，缥缈层楼杰观，雪片一冬深。"可见前人还喜欢以"三市"泛称闹市。岁月流转，时迁世移，我虽未能亲睹当年商肆密布、店铺林立、圩市盈虚、山货罗列、熙来攘往、人声鼎沸的盛况，却也感受到一股浓浓的商业味弥漫在空气中，顿感人间烟火距离人们是那么切近呀！

然而，兴贤古街终究还是因了文化引人注目而享有盛誉。穿过石坊门，我蓦然回首看到上方又有一道上书"过化处"的横额，与背面"三市街"题字呼应，这似乎是古人有意的安排，让人产生如哲人般的联想：物质第一性，而精神才是第二性，正所谓"仓廪实而后知礼仪"，古街追求并拥有物质与精神两般完美的境界，确实善莫大焉。我们每行数十步抬头便能看到石坊门上镌刻着"崇东首善""五夫荟萃""天地钟秀""籍溪胜境""紫阳流风""三峰鼎峙""天南道国""邹鲁渊源"等前人手书的横额，行楷篆草，缤纷斑斓，勾画了了，虬劲舒展，让人目不暇接却未及细品其艺术韵致和人文况味，于是我妄猜这众多的石坊门也许只为界隔坊间的标志性建筑，抑或古人用这典雅的文化气息去抑制住市井铜臭的泛滥蔓延。

　　就在这人声嘈杂而又氤氲着文化气息的兴贤古街上，当年曾走过一位风流倜傥的少年。这位出生于文风昌盛的五夫又长期受到良好的家庭教育和文化熏陶的他，就是被后世称为"一代词宗"的柳永。从家乡青山绿水之间走出的柳永，少年英姿，意气奋发，立志要像父兄一样走科举入仕之道路，然而屡试不第的际遇，令他心灰意冷，发出"才子词人，自是白衣卿相"的不平心声。可是，他所填之词每每被人误读曲解为"俚俗"，更有那些站在道德高地的"君子"，以"好为淫冶讴歌之曲"诟病其人品，贬损其名声。甚至连当朝皇帝宋仁宗也未能免俗，说"此人不可仕宦，尽从池花下浅斟低唱"。柳永自嘲"奉旨填词柳三变"，收拾起失意文人"不得志"的落拓，自研慢词长调，打破"诗庄词媚""词为艳科"的世俗偏见，大胆地将创作灵感依附于男女之情和羁旅客愁等题材，用心倾听来自青楼歌女的哀怨之曲和天涯游子的断肠之声，自此走上平民化创作之路。"浅近低俗，自成一体"，将不体面的艳词引向雅俗共赏的文学殿堂，奠定了宋词婉约一派在文学史上的历史地位，"凡井水饮处，皆能歌柳词"，在草根一族中拥有了诸多知音的顶礼膜拜。

于是，在兴贤古街的古井处，我望着绿莹莹的井水，恍惚中依稀听到了"杨柳岸，晓风残月"低首萦回的吟唱。

到兴贤古街，你不能不看兴贤书院、刘氏家祠、连氏节孝坊、朱子社仓、彭氏节孝坊、张璘百岁坊、朱子巷、五贤井等遗迹。我以为无论是名人故居，还是书院门楼，也无论是宗祠家庙，还是石门牌坊，古人都极讲究门面装饰，哪怕是一块匾额、一帧浮雕，还是一副楹联，都经过设计，把分寸拿捏得恰到好处，虽不显山露水，也不炫耀浮夸，却处处让人感受到一份敬畏力量，从而产生莫名的景仰之情。或在追缅宗族荣光，谦和内敛，讲求含而不露效果；或在宣扬先祖遗德，不事张扬，彰显表里如一风范；或在激励后昆弟子，提振士气，怀抱慎终追远的情思，各自取意虽有异同，但都富含着极浓厚的文化韵味。

古朴庄严的五夫刘氏家祠位于古街的中心，朱熹题写的"八闽上郡先贤地，千古忠良宰相家"楹联悬挂在正门两侧石柱上，气势恢宏，磅礴大气，每每引领人们追思刘氏一门"五忠六贤"彪炳史册的往事：刘韐的刚烈、刘子羽的忠义、刘子翚的道德、刘珙的才情……让人油然心生敬仰之情。往前再看那连氏节孝坊和彭氏节孝坊，那一座座沐风栉雨的贞节牌坊，仿佛隔空诉说着一个又一个伟大母亲的艰辛故事。她们抚子成长、守节尽孝，含辛茹苦地奉献青春年华，在人前尽展柔婉却又刚强的一面，却分明又在人后发出一声声深闺幽怨，颇让人唏嘘不已。

我站在"籍溪胜境"处，眼前的兴贤书院仿佛是一幅直立的精美的巨型画卷，高高门楼，飞檐翘角，红墙黛瓦，构筑精巧，雄伟凝重，蔚为壮观。关于兴贤书院由谁创修向来有两种说法，一说是"胡氏五贤"之首的胡安国，另一说是其侄胡宪。但无论如何，大家都认为朱熹曾在此求学和讲学传道，折射出朱子与"胡氏五贤"渊源关系。那门楼上方嵌着的石刻"兴贤书院"竖匾，左右围以龙凤呈祥浮雕，楼顶与下方庑殿各置有乌纱官帽，分列成品字形，高高地召唤，无声地诉说，不知多年来引得几多莘莘学子产生过攀折桂冠的冲动和遐思。或许这是书院办学的终极目标，其实也是一种诱导，似乎让人领会只有顺着科举阶梯去寻求梦寐以求的荣华富贵，才能达到人生功业的圆满。门楣横额为"洙泗心源"，表明书院主人将孔孟之道奉为圭臬，道出儒家传承的历史渊源。左为"礼门"，右为"义路"，又像是警示学子要先修儒家之礼，方可担当"治国平天下"重任。这样的牌楼造型设计可谓苦心孤诣、登峰造极，可世人却不难解读那些装饰的砖雕花鸟人物的喻义，诸如"鲤鱼跳龙门""凤毛麟角""马上封侯"，即使匆匆走过的路人瞥上一眼，也能明了其中盛满了劝导世人走科举成材之路的用意，立即嗅到了科举盛行年代遗留下官本位思想所发散出酸楚而又诱人的味道。然而，我又惊奇地发现那些彩画中，居然还有优美的飞天形象，那飘曳的衣裙、飞舞的彩带、凌空翱翔的姿态，似乎在提示人们这里的主人已经得到入禅的意趣，或许是为了说明这里的主人已经具备了博采众长的兼容胸怀。

兴贤书院蕴涵有"兴贤育秀、继往开来"之意，这让我想起了胡安国。这位宋绍圣四年及第的进士，原本廷试笃定第一，因他策问中没有诋毁元祐党人的语句，主考遂改何昌言为榜首，虽然哲宗复试亲擢第三，但他还是第一次感受到来自政治力量的打压和排挤。面对官僚勾结、党同伐异的恶劣政治生态环境，胡安国始终洁身自好，不媚权贵，"为太学博士，足不蹑权门"。《宋史》对他的官政为人评价甚高："虽数以罪去，其爱君忧国之心远而弥笃，每有君命，即置家事不问。然风度凝远，萧然尘表，视天下万物无一足以婴其心。"程门四大弟子之一的谢良佐也称赞："胡康侯如大冬严雪，百草萎死，而松柏挺然独秀者也。"

胡安国为人敢于直面，从不迎合，宋钦宗也为此而召见他，不料胡安国耿介一如既往：

"明君以务学为急，圣学以正心为要。心者万事之宗，正心者揆事宰物之权。愿擢名儒明于治国平天下之本者，虚怀访问，深发独智。""为天下国家必有一定不可易之计，谋议既定，君臣固守，故有志必成，治功可立。"只可惜这样苦口婆心的劝说只是一阵耳边风，优柔寡断的宋钦宗不以为然，便以暑天天热、汗流浃背为借口，匆匆忙忙离开了。这样的"礼遇"自然让胡安国萌生退隐之念，只得专心著述聊以掩饰政治上那份失落感。他完成了三十卷《春秋传》、一百卷《资治通鉴举要补遗》和十五卷文集，从此奠定了南宋理学硕儒、湖湘学派创始人之一的历史地位，逝后享受到宋朝赐谥文定、明代从祀孔庙，以及清代康熙御笔赐匾"霜松雪柏"的殊荣。

"武夷三先生"之一的胡宪，"长从从父胡安国学"，其政治遭遇也与叔父胡安国略同。他不仅从叔父那里继承了道德文章，更学会了职责担当。他晚年抱病进京上疏说："金人必定要毁约，老臣宿将中只有张浚、刘锜可用。"疏上即离京回乡。但胡宪一生奉祠乡居时间为多，"耕作卖药，供养父母，品德传闻朝野""安国称其有隐君子之操"。然而胡宪与刘子翚、刘勉之共同授学朱熹最为世人熟知，"熹自谓从三君子游，而事籍溪先生为久"。或许因为与朱子的师承关系，后人多以为是他构筑了兴贤书院，并立有"籍溪胜境"石门坊纪念他。

其实，但有君子遗风长存，又何必困扰于兴贤书院创建于何人之争呢？我不知连着兴贤古街究竟有多少条里弄小巷，朱子巷与凤凰巷只是其中两条寻常巷陌，却覆载了太多的故事，至今让人流连忘返。

站在朱子巷口，引路石碑刻有"朱子巷"三字，你断然不会将它与朱子联系在一起。当年，朱子落户五夫之时，无论是从学于"武夷三先生"，从紫阳楼到刘氏家塾六经堂，或到兴贤书院讲学授徒，还是成年后创建五夫社仓或外出游历，往返都要经过这一条百多米长的小巷。其实朱子巷仅是一条狭窄坡道，鹅卵石铺成的路面因岁月的磨蚀泛着青光，两侧黄土夯筑的高墙，见证了八百年前行走在小巷的朱子身影，却因了圣贤的足迹而熠熠生辉。八百年后，有人重走朱子巷之后说它比德国的哲学家康德（1724—1804）的"哲学家小路"还早六百多年。于是，在众人探究目光和啧啧称奇声中，我脱口而出——陋巷不陋。

倘若朱子巷记录下仅是朱子坎坷人生的片段故事，那么凤凰巷浮现的却是圣人智慧灵光闪现照亮并温暖人心的历史画面。

在兴贤古街街尾拐进一条并不起眼的小胡同，谁会知道在这条被称为"凤凰巷"的小胡同，竟然隐藏着五夫朱子社仓，也隐藏着"先儒经济盛迹"。因为朱子创办社仓开创救荒之先河，以致南宋各州郡纷纷效仿，五夫便成了当年利及全国的社仓法的最初策源地。

顺着凹凸不平的鹅卵石，走进小巷深处，首先映入眼帘的是大门砖雕和"朱子社仓"的匾额，开锁入内，又见一门上书"五夫社仓"的匾额，再开锁进入一长方形大院，只见门内左右并排着两列仓廒，木板遮盖，装粮备用。天井采纳天光，便于空气流通而确保贮粮不霉烂。两侧宽敞的通道，打扫得干干净净，足见农民爱粟如金的心态。在社壁上还能看见当年朱子为竣工日题诗一首："度量无私本是公，寸心贪得意何穷。若教老子庄周见，剖斗除衡付一空。"

据说此诗专为乡间"计私而害公者"写的，并以此为仓规约束民心，确保执行社仓之法的公平公正。

原来，宋乾道四年，崇安县爆发水灾；次年又连着发生旱灾。此时朱子奉祠乡居五夫，侍奉母亲，尽孝床头。然而眼前的灾情让朱子忧心忡忡，他奉崇安知县诸葛廷瑞之命参加赈灾工作，适值春夏之交青黄不接，崇安、浦城等地饥民铤而走险，不时出现抢粮的动荡场面。朱子上书建宁知州要求借粮赈济饥民，并要当地富豪和米商平价卖粮给灾民，可收效甚微。他深切感受到救灾必须先防灾，决心探求一种以丰补歉、乡民自救的办法。

宋乾道七年夏，在建宁知州沈度的支持下，

朱子在凤凰巷内创建"社仓",并定下仓规:先借官粟,藏于社仓,乡民夏借冬还,每石加收两斗息米,小灾息米减半,大灾息米尽免。数年以后,以息米来偿还官粟,变官仓为民仓,赈济乡民,造福一方。这就是闻名天下的"朱子社仓"。

宋淳熙八年十一月,朱子以《社仓事目》奏事延和殿,向宋孝宗陈述社仓之法,并请求在各地推广。十二月,宋孝宗下诏颁行社仓法。到宋理宗的时候,社仓制度已遍行南宋全国,成为南宋荒政和仓储制度中的重要内容,朱子以大智慧创造了"先儒经济盛迹"。

从凤凰巷返回兴贤街,我隐约听到八百年前山民挑粮压在肩上扁担吱呀吱呀的叫声、架子车碾过青石路面隆隆声,间杂着孩子们欢笑声,久久地飘荡在这幽深的巷子里,汇成人世间最美妙最动听的交响曲。

寻访元坑古镇

潘棋兴

由于闽江上游支流金溪流经谟武、蛟溪，元坑古镇位处将乐、建宁、泰宁的水陆交通要衢，明清时期商贾云集、经贸繁荣。聪明勤劳的古镇先人们，游走他乡，经商聚富，涌现出一批豪商巨贾，他们大兴土木，广置豪宅，至今遗存的古代建筑数量之多、规模之大蔚为壮观、令人赞叹。鼎盛时期的古代元坑文风炽盛、英才辈出，南宋名臣工部尚书廖刚、广西经略兼著名藏书家余良弼、朱熹得意门生廖德明、明代户部郎中叶宗远，生于斯，长于斯，理学大师杨时、游酢、朱熹曾在此游历授业、传扬理学，为古镇留下了宝贵的文化遗产，增添了历史的厚重与韵味。

　　慕名而来，心怀期盼，走进元坑古镇，览不尽元坑古建的斑斓艺术，参不透古镇文化的神秘底蕴。踏着青石小路，穿行在狭长纵横的高墙古巷，就像穿越历史的隧道，脚下的刻字石板、两侧的门楼砖雕，无不让你清晰地感觉到历史就是这样真真实实，抬眼即是，触手可得。

　　无论是从秀水沿溪而上，还是从福峰拾级而行，古民居、古祠堂、古桥、古庙……一座座古建筑鳞次栉比，把福峰、秀水、东郊、九村四大村落紧紧相连，形成庞大的古建群落。深入这些大大小小的明清庭院，宛如徜徉在历史的海洋里寻珍觅奇。在这些珍奇中东郊陈氏三大栋是最耀眼的，吸引着我们去亲近她、了解她。

　　陈氏三大栋，一座族居式组合型古民居，坐北朝南，四座四进庭院并列而建，既相对独立，又相通相连。触摸着宅前的石鼓、拴马石架、停轿坪，似乎能听见它们正诉说着这里曾经的显贵和繁华。踏进院内，站在四方青砖铺就的两丈多高的空阔厅堂中央，令久居斗室的我顿觉情绪平定、心胸开阔，浑身的疲劳得以释放。

放慢脚步，静静地、缓缓地信步在正厅前贯通左右四家的走廊上、厢房卧室里、过亭回廊中，想象着这个大家庭平日里亲密往来的欢声笑语，感受着这个大家族的和睦和谐，让思绪随之飘远，随着时间溯行而进。三大栋是一座规模庞大、雄伟壮观的建筑群，每栋分置中门、前厅、正厅、后厅、前后天井、左右回廊，一应布局合理、设计精良。这耗时三年才完成的古老建筑，不能不让人惊叹当年主人的富甲一方！行走在这些古宅里，让我们羡慕的不仅仅是它展露出来的豪富，当细细品赏起这些老宅旧院时，更会一次次真切地触摸到历史、真切感受到文化，会一次次被这浓厚的人文气息所感染。中堂、立柱、门楣上镌刻着的楹联。梁架、挑檐、雀替、隔扇、花窗、神橱上装饰的精致木雕，人物神仙、花鸟鱼虫、山水林石、福禄寿喜等图案，以及《三国演义》《八仙过海》

《西厢记》等戏文故事……件件惟妙惟肖、栩栩如生，无不令人感叹当时卓绝的装饰技艺和主人高雅的艺术品位。还有那些显示主人地位和荣耀的牌匾，或装置于正门之上或高悬于正厅中央，钦赐文字总是让人浮想联翩。站在乾隆年间吏部尚书刘墉为武状元陈瑚题写的"德耀乔松"寿匾前，欣赏着历经两百多年仍清晰苍劲的鎏金大字，仔细品读着两端的行款，思绪不由得把僻远的元坑与繁华京城联系在一起。

古镇元坑，除了一栋栋让人流连忘返的古民居之外，给我印象最深的当数村中规模宏伟、装饰精美的姓氏宗祠了。九村村的蔡氏宗祠、朱氏宗祠，福峰村的肖氏宗祠、廖氏宗祠、饶氏宗祠，东郊村的张氏宗祠、陈氏宗祠，秀水村的吴氏宗祠，槎溪村的邓氏宗祠，曲村村的张氏宗祠……座座都耸立着高大的砖雕门楼，无论规模大小、装饰精糙，都是宗族兴衰强弱的表征，共同见证着曾经商贸的繁荣、商贾的富贵与家族的兴旺。宗祠内庭院宽敞、厅堂空阔，每每节日庆典，姓氏族人就在这里聚集议事、公祀祭拜、娱乐休闲。然而在这些气势宏大且略显粗犷的宗祠里，也不乏其精美的一面，所有构件或镂刻或彩绘，图案组合大多采用谐音、借喻、象征手法，匠心独具地表现人们求平安、盼发财、得功名的美好愿望。唯有那破旧的戏台，经不起来往游客的注目，只能孤单寂寞地回忆着往昔的热闹与精彩。

元坑古镇，我们带着无尽的向往来拜谒灿若星辰的大儒名臣，寻找神秘奇妙的历史珍迹，透过那一座座一件件"活"着的历史，我们领略了你幽远的历史风貌，感受到你厚重的历史文化。踏着厚重的历史，我们带着无限的憧憬和遐想，走向明天。

壮阔洪坑　清秀南江

刘永良

　　如果说永定是一个没有大门的中国土楼民居博物馆，那么湖坑镇洪坑村俨然就是浓缩永定客家土楼的博物馆。龙岩市民间文艺家协会主席钟德彪撰文称赞："每一座土楼都是一座家族之城，每一座土楼都孕育人文理想。""土楼王子"藏经典，福裕楼里"常棣"花。"奎星朗照文明盛，聚族于斯气象新。"开基六百年，土楼五十座。儒家气息绕梁回响，祖训族规语重心长。礼敬祖宗恩德，感念大地赐予。从善如流，敦亲睦族。拓土开疆，天启梦想。

　　内化于心，外展于形。文脉缕缕，生生不息，汇成大江！洪坑村，位于龙岩市永定区湖坑镇东北面，修竹簇簇，溪水叮咚，水车嘎嘎，环山皆绿，村即公园，一派世外桃源风光。洪川溪，清澈、活泼、小巧、蜿蜒，穿村而过。站在溪桥上，看青山，如黛，连绵起伏；看两岸，土楼，雄伟古朴。这个平凡的自然村，就因至今犹存五十多座大小不一、方圆各异的客家土楼，而名扬全球。

据介绍，13世纪（宋末元初）林氏在此开基。但林氏先人在此开基时所建方形土楼崇裕楼、南昌楼已坍塌。现存明代建造规模较大的土楼有峰盛楼、永源楼等十三座，清代建造规模较大的土楼有福裕楼、奎聚楼、阳临楼、中柱楼等三十三座，为汉族传统的生土民居建筑艺术和传统文化提供了特殊的见证。

洪坑村土楼造型主要有正方形、长方形、圆形、半月形及其变异形式。此外，还有以生土建造的天后宫、日新学堂、林氏宗祠、关帝庙等。最富丽堂皇的"土楼王子"振成楼、"布达拉宫"式的奎聚楼、府第式的福裕楼、最小的"袖珍圆楼"如升楼、土墙最厚的景阳楼……天然镶嵌于梯田山谷间、弯曲溪岸上，与山林、小溪、自然村落组成旋律优美的田园牧歌。

　　被称为"土楼王子"的振成楼，很多专家学者感叹它"是句号，却引出了无数的惊叹号和疑问号"，又说它"是一部读不完的百科全书"。究竟奇特在哪里？振成楼始建于1912年，用了五年时间，花了当时的八万光洋建造而成，由内外两环楼构成。外环楼高四层，每层四十八间，按八卦图布局建造，分八卦，卦与卦之间筑青砖防火隔墙，隔墙中开设拱门，关门自成院落、互不干扰，开门则全楼相通、连成整体。这是振成楼的一大建筑特色。

　　土楼之内，处处写满了意义深长的对联，诸如"振纲立纪，成德达材""干国家事，读圣贤书""振作那有闲时少时壮时老年时时时须努力，成名原非易事家事国事天下事事事要关心""振作精神担当宇轴，成些事业垂裕后昆"。这些对联不受时空限制，具有普遍的教育意义，教导人们一定要有远大的理想抱负，胸怀要像宇宙一样宽广，前一代人一定要做出一些成就好让后世子孙仿效学习。生于斯，长于斯，有如此浓厚的教育氛围，无怪乎土楼人家英才辈出，名播海内外。

"里党观型"是振成楼中厅上的一副横批，这是黎元洪给楼主人林逊之的褒奖，意为乡里邻居学习看齐的楷模。楼中还有"承基衍庆""义声载道""义行可风""志洁行芳"等横批，都是对楼主人家族兴旺、孝敬父母、宗亲和睦、乐善好施的表彰。

林逊之的大家族本身是当地家族的楷模，而振成楼中的每一户人家，也是彼此的楷模。在振成楼这个大家族中，每一户既是近亲，也是近邻，彼此往来交流，和睦、优秀的小家庭就成为榜样，也会带动整个大家族的和谐。林逊之要自己的子孙处世学会与邻为善、做家族乡党的表率，做人要懂得居安思危、清廉节俭。

林逊之能够兴建宏大的振成楼，可见当时林家的昌盛显赫。越是盛极越要约束，林逊之在振成楼的正大厅、高近五米的石柱上写着："能不为息患挫志，自不为安乐肆志；在官无傲来一金，居家无浪费一金"。这副对联是很有名的廉政楹联，不仅是林逊之对大家族子孙的告诫，也是自我实践。李商隐《咏史》说"历览前贤国与家，成由勤俭破由奢"，民间也有"成家有如针挑土，败家犹如浪打沙"的说法。国家奢侈之风不可兴起，殷纣王一副象牙筷子，必然就要用犀角之碗、山珍海味相配，上行下效，官员自然贪污腐败，社会不稳，民怨沸腾，才有商朝覆灭。

　　客家人从中原迁徙洪坑后，在当地创办塾学，教育子弟，传播文明，由家族开基祖或家族中德高望重的先祖制订家规、家训，其中一些家族还把家训以楹联的形式镌刻、粘贴在他们居住的土楼门框及厅堂墙上，教育族中子弟奋发。振成楼的主人林逊之就是一例，他前前后后在振成楼精心撰写、镌刻了二十多副楹联，为其裔孙确立了为人处世的规范，树起了自我修养的标杆。

　　林逊之侄子林日耕，是振成楼的第二代主人，他每次在和游客们讲解土楼精湛的建筑工艺时，都要着重介绍大楼内随处可见的楹联。

"客家人传统的家规、家教刻在门扇里、大门里、大厅中，我们从呱呱坠地起，就在这样的文化环境熏陶下成长。"林日耕说。近百年来，林逊之家族人丁兴旺，众多族员聚居一屋，和谐共处，从未发生违法乱纪的事情，成为"大家庭、小社会和谐相处的典范"，这与林逊之极力崇尚天伦常理、敦睦和谐的家风有很大关系。

出振成楼，沿山溪徐行，我们来到"日新学堂"，也就是现在的洪川小学。日新学堂是一所典雅富丽、中西合璧的学堂，由福裕楼的楼主捐资兴办的。这个学堂办起后培育了不少人才，名气远扬，许多外乡人都来日新学堂读书。在其校门两边有一副对联："训蒙心存爱国，为学志在新民"。在校门额"林氏蒙学堂"的下方，还标有英文"THE DAILY NEW SCHOOL"。整个学堂的建筑风格也颇有西式的味道。在20世纪初，在这么一个偏僻的山区里，就有如此新潮的学堂，可见土楼人的思想是开放的、外向的。

青山相拥中，金丰溪贯村而过，鹅卵石步

道沿溪蜿蜒，微风拂柳，石桥、土楼、闲适的老人尽入眼帘。几百米外的后山，一片美丽的女儿林遍植山野。这里，是龙岩市永定区湖坑镇南江村。永定"南溪土楼沟"景区中心位置就坐落在南江村，山水人文，融为一体。

这里，曾是一片红色热土。中共闽西军政委员会在此办公，中共闽西第一个地下电台在此诞生。这里，曾是闽粤边革命活动的领导中心，素有"小延安"之称。

耳听潺潺溪水，走过一座石桥，一片形态各异的土楼映入眼帘，圆的、方的、八角形的、U字形的……村里有二十三座土楼，建筑形态各异，风格兼容并蓄，最久的有四五百年历史。每座楼都有名字，都有故事。人多时，有一座土楼里曾住了五百多人。如今，虽然很多人搬了出来，但每栋土楼里都还有村民在住。

南江村的土楼很多是以"庆"字命名，如咸庆楼、余庆楼、环庆楼、天庆楼和兴庆楼等，还有振阳楼、福兴楼、经训楼等楼名，颇具文化内涵。其中最有特色的当属"天一楼"和"东成楼"。据天一楼的住户说，原来此楼叫"源聚楼"，建于1925年，呈鹅卵形，因楼前后两溪合抱，清澈的溪水绕楼而过，合二为一，故而得名。然而1939年一场大火使得该楼遭到毁灭性破坏。后来，江氏二十六世祖依原址重建，更名为"天一楼"，取"天一生水"之意，望以水克火，天佑此楼。

南江村，还有一道别致的风景，那就是"女儿林"。阳光下，这一大片树林，汇成了一片林海，黑黢黢的，气势恢宏，尽管有阳光照耀，但在初春的下午，仍然给人凉悠悠的感觉。一阵风过，微波荡漾，松树枝干，微微震动，仔细听，便如涛声逐浪，滚滚而来。

南江村祖先是从毗邻的高头乡搬迁而来。因为是依山而建，村中良田大部分是山里的梯田。据传，四百多年前，一位村中女子出嫁时，感念父母往返山路到梯田辛苦劳作，特地在山路旁栽种一棵松树，希望以后父母去劳作的路上，有一块林荫地歇脚。此举得到村中人的效仿，此后，每遇嫁女，都会在那条山中小路旁种一棵松树。"无心插柳柳成荫",如今山路两边的松树和山枣树已有三千多株。许多树树冠上都系着鲜艳的红布条,布条里系着的是思念和感恩。现在,有人考上大学,也会在"女儿林"种上一棵树。四百多年来,即便是盗伐树木最猖獗时期,也没人打"女儿林"的主意。每年重大传统节日,外出乡贤或其后代回来后,都会重走"女儿林"下的山间小路,为自家祖先所种树木更换鲜艳的红布条。

把"风景"变成为"产业",将"美丽"转化成"生产力",让南江村人享受到了"绿色福利"。随着乡村游的兴起,村民的日子越过越甜蜜。

古田，理想和激情

陈元麟

就在十几分钟前，阴沉沉的天空还飘洒着雨丝。当我们正准备跨进坐落在彩眉岭下的廖氏宗祠时，周遭骤然亮堂起来。原来，一束阳光正穿过厚厚的云层，投射到这座古建筑上。几天来因绵绵阴雨而一直沉郁的心情也顿时亮堂起来，畅快起来，生动起来。

这不是普普通通的祠堂，对于中国共产党及其武装力量具有里程碑意义的古田会议在这里召开。

1929 年 12 月初，毛泽东领导的红四军开进了离古田不远的新泉，开展了举世闻名的"新泉整训"，同时决定于 12 月底召开红四军党的第九次代表大会。就在会议召开前夕，国民党军忽然逼近新泉！为了集中力量开好会，红四军领导决定移师易守难攻的古田，留下一部分兵力，在新泉一带警戒从江西过来的敌人。

历史钟情于古田，居然把一个千载难逢的机会送给了这个人烟稀少、偏僻贫困、原不为人所知的闽西小山坳。数千名头戴八角帽、身穿灰色土布军装的年轻人涌进古田，小镇一时间热气腾腾，附近几个村的民房几乎都住满了红军。一个月后，当他们潮水般退出古田，铸就军魂的《古田会议决议》和充满理想与激情的名篇《星星之火，可以燎原》却永远留在煌煌史册上。一支摒除了旧式军队的种种陋习的人民武装，从此以崭新的面目出现在神州大地。

相隔整整四十年后，又有一批年轻人潮水般涌向古田。这座偏远的小镇又沸腾起来了，曾经住过红军战士的民房几乎住满了厦门知青。潮起潮落，几年以后，知青们陆陆续续离开了古田，带走了前辈的理想和激情，带走了人生体验和思想磨砺。

我还清晰地记得，1969年春节刚过，学校宣布第一批插队的地方是毛主席曾经开过会的地方——古田时，学校报名站前顿时人声鼎沸。"文革"期间常常在一起的同学被分配在古田公社古田大队，我因故没能与他们同行。挚友们到古田后，纷纷写信给我，半是炫耀，半是自豪地告诉我，他们的住处离革命圣地仅一箭之遥。三个月后，也就是6月初，我专程来到古田，事实上也是为即将开始的插队生涯实地考察。整整一个星期，我又成了他们中间的一员，我们一起生活，一起劳动。刚到的那天，同学们向生产队请了假，陪同我参观古田会议旧址。会址背后的那一片绿草茵茵的山坡、那一片高大茂密的树林，将一座普普通通的客家小四合院式平房衬托得如此壮丽。记得那次和古田会址初次相见，便为之怦然心动，认定这里就是我的第二故乡了！

世事难以逆料。阴差阳错，几个月后我还是和古田失之交臂，到离这里一百多公里之遥的武平县象洞公社插队落户了。但我从没有忘记古田，同学们不断地给我来信，报告古田的消息。例如，古田会址要重修、要建古田会议展览馆和古田宾馆、第三世界共产党组织的领导人纷纷来古田参观取经等等消息接踵而来，让我对古田的景仰之情与日俱增。

道是无缘却有缘。虽说我无缘插队古田，但后来因访友、参加笔会等事务，与古田重逢的机会却不少。

最令人难忘的是1971年9月那次旅行。为了诗友们的一次诗会，我从武平象洞公社，步行到海拔一千多米的步云山寨，下山之后，便又一次来到当时称为古田大队的赖坊村，还特地到该村的红军遗址——红四军第一纵队司令部所在地——协成店转了转。协成店是当时古田圩场的中心店铺。1930年元旦前，时任第一纵队司令的林彪在协成店，给近在咫尺的毛泽东寄了一张贺年卡。几天后，也就是1月3日，他随朱德先行出发转战江西。5日，毛泽东住进了协成店，就在林彪余温犹存的座椅上，给林彪写了一封长达七千多字的复信。在信中，毛泽东用充满感情、充满诗意的笔调描述"快要到来的"中国革命高潮。

回到武平后，过了一个多月，我们才得知，"林副统帅"已经在9月13日摔死在蒙古温都尔汗。翻开日记，赫然发现，我参观协成店的那天正好是林彪坠机的日子！如此凑巧，令人唏嘘。

今天当我走进古田，走进协和店，读到"它是站在海岸遥望海中已经看得见桅杆尖头了的一只航船，它是立于高山之巅远看东方已见光芒四射喷薄欲出的一轮朝日，它是躁动于母腹中快要成熟了的一个婴儿"时，当年的激动竟然又一次澎湃。我这才明白，其实在我内心的一个角落里，那盏用理想和激情燃烧起来的灯始终没灭。

古镇情韵

刘永泰

古典的她，诞生在南海故国历史的深处，挟汉唐宋悠悠古风，携元明清沧桑岁月，一路款款走来。美丽的她，厦门后花园，上山下乡知青的第二故乡，"一脚踏三省，鸡鸣三省闻"的神奇边陲。古朴雅致的旧民居，古色古香的客家，"军家""百家姓"，以及古韵隽永的文化底蕴、醇厚的民俗风情，时时叩响人们的心田。

武平县中山镇，昔称"武所"，乃千年古镇、客家大本营、军家圣地、古汉剧之乡，古韵十足，古味飘香。古城、古街、古祠、古民居、古桥、古塔、古庙、古井、古灯、古剧、古民俗……游古镇，品古风，情韵悠悠。

从武平县城乘车，向西南，眨眼间便到了

古香古色的中山镇。然而，欢迎您的不是热情好客的中山人，而是敦实厚重的石头。一百零二块分别刻着各姓各氏的石头，魏体、凹文、涂得鲜红，就像一百零二个兄弟姐妹，紧紧地围坐于百姓文化广场，亲密无间地环绕于客家街心公园，向您静静地诉说着历史的沧桑，让您体验咱中国"老百姓"的魁伟豪迈。中山这弹丸之地，面积不过两平方千米，户不盈千，人口不逾两万，却有着一百零二个姓氏。她完全有理由向世人昭示，中山的"老百姓"源自当地土著居民，源自中原士族南迁的客民，源自守疆卫边的"军魂"。是咱"老百姓"共同创造了辉煌的历史，灿烂的文化。

信步于中山古街，穿行在自然与人文交融的鹅卵石街道上，踏着浓浓的漫长的历史，品味着"古"的内涵。古街街道很窄，记录着当年"一街店铺开两边，左买火柴右买烟"的历史。店铺很多，一间挨一间，字号一个比一个老，旗幡招展，诚信为本，熙熙攘攘的人群摩肩接踵，彰显着昔日的繁华。旧街两旁骑楼廊檐挂满了千姿百态的大红灯笼，古民居旧宅门框上张贴着各姓各氏的堂号堂联，让人们尽享文化大餐。那一副副鲜红的堂联，可是民族的符号、家族的"微型家谱"啊！为了寻根溯源、缅怀先祖，也为了教育后代、激励后昆，中山人一年又一年、一代又一代地书写着的不仅内涵隽永、令人回味无穷，更兼对仗工巧、平仄协调，便于记忆和传诵的堂联。这怎不叫人叹为观止呢？！中山人大度、包容，多元文化相兼并蓄，区区小镇，同时流行着客家话、军家话，这一"方言孤岛"现象令世人拍案称奇。

中山有"三城两廊"，即老城、新城、片月城和石廊、巫婆廊。这可是一张"尊贵"的名片，彰显出"皇家"气派。老城（也叫"旧城"）肇建于明洪武二十四年。老城筑有四座城门，东曰"迎恩"，西曰"平定"，南曰"永安"，北曰"常乐"。明正德元年又筑新城，亦筑四城门：通济、朝阳、永清、文明。与新城同一时期，在老城"永安"门外又筑一瓮城，因状如弘月，故称"片月城"。只痛惜，俞大猷的"读易轩"早已寿终正寝。巍巍三城，堂堂八门，今仅存老城东门，静坐着"迎恩戴德"了！

中山古建，古境悠远。它尊重自然，崇尚和谐人居的精神，集山川风景之灵气，融客家建筑文化之精华，结构严谨，雕镂精湛，依山傍水，独树一帜。

漫步在古镇老街上，青砖黛瓦，小桥流水，明清民居、祠堂随处可见，古老的牌坊记录着历史的兴衰故事。古民居、古祠堂、古牌坊，堪称武所古建三绝。洁白的粉墙、黝黑的屋瓦、飞挑的檐角、鳞次栉比的兽脊斗拱，以及高低错落、层层昂起的马头墙，绵亘着一幅幅客家生息繁衍的历史长卷。走进古民居，令人顿觉安静惬意、神秘厚重。宽畅的厅堂，"四合院"形式逐步演变成既封闭又通畅的"天井"，布局协调，风格清新典雅，尤其是装饰在门罩、窗楣、梁柱、窗扇上的砖、木、石雕工艺精湛，形式多样，造型精巧，栩栩如生。客家"尊本敬祖"之风，印记在宗祠、支祠、家祠之中，融"古、雅、美、大"于一体。牌坊是传统社会最高的荣誉象征，是用来标榜功德的。危氏牌坊即为武所一绝。古石拱桥点缀于青山绿水之间，与古塔、古民居交相辉映、相得益彰，构成古桥、流水、人家的古悠境界。

中山古镇，名胜古迹众多。"三岩"（龙霁岩、聚仙岩、出米岩），岩岩美景；"三桥"（永安桥、树德桥、长安桥），桥桥留芳；古塔——"七鞭打虎"；"古庙"——十三庙里演古戏，历史沧桑香火盛；"九井十三灯"——井井清澈一灯明；"九围十八寨"——军事防备保平安；"十七座茶亭"——遮风避雨施"茶水"；"十七桅杆"——石笔歌功颂天地……游千年古镇，让人仿佛置身于一座古典艺术的博物馆。粒粒珍珠，颗颗翡翠，无不深涵着悠悠的古韵古情。

武所古镇是一颗镶嵌于闽粤赣边陲的璀璨明珠，古镇是无言的厚重大书，古镇是高度浓缩的历史画卷，古镇是一坛窖藏的客家米酒，越久越醇，愈深愈浓。

朱紫坊往事

三山烟雨

　　家搬到福州安泰桥下、一街水巷的朱紫坊，是在 1988 年春。那时，石板路的清幽巷子，静悠悠的安泰河沿巷子在门前流着。河对岸，津泰支巷，一排临水老木屋，一二如燕的飞檐下，挑出破旧的美人靠凌波倒影。我曾经凝视着对岸的美人靠，想象美丽妙龄少女冷霜婵，依坐美人靠休憩，凭栏寄意，蹙眉凝眸、引颈顾盼的寂寞身影，浮现桥下清澈流水中。一个安泰桥畔荔枝换绛桃的古代凄美爱情故事，让我感到坊巷浪漫情愫。

　　那说的是后唐时，家住在利涉坊的书生艾敬郎，端午节在西湖卖画与隔河而住的姑娘冷霜婵巧遇，两人一见倾心。回来后的一天，艾敬郎凝视对河荔枝树，想要画下荔枝。冷霜蝉以为艾敬郎口渴，便摘了荔枝投过河岸。艾敬郎接过荔枝，神魂飘荡，在一大绛桃上面书写"身无彩凤双飞翼"，回掷过楼。霜蝉接挑后，在罗帕上书写"心有灵犀一点通"，包着荔枝又掷过来。敬郎得此诗句之后，如醉如痴。通过投荔赠桃，他们互定终身。但是冷霜蝉被闽王王延翰抢进宫。最后，这对恋人一同跳进柴塔的烈火之中，化成一对鸳鸯，双双腾空飞去。

然而多次探访，才知这安泰桥下坊巷故事，不是发生在朱紫坊，而是在桥对面的桂枝弄。我心里升起落寂惆怅。于是我无端挑剔，每天来来去去，瞧着正对繁华南街的巷口牌坊泥雕对联"百货随潮船入市，万家沽酒户垂帘"，认为太夸张了，句不言实。我从没见过朱紫坊的安泰河有大船航行，常看到的只是清理河道的驳船，或偶有一二小船孤单漂进。朱紫坊石砌小埠头有三四座，可都不到一米宽，难卸货。牌坊里靠巷口，摆三四张桌椅不起眼小食店两三家。后来巷里也破墙开了几间"蹄膀破店"，晚上是有一些酒徒。牌坊外也不过只有一家五六层高的安泰酒楼。

后来，搜集整理有关福州古诗词，才知道这是宋代诗人龙昌期写的反映当时朱紫坊一带的商贸繁华景象的诗句《三山即事》。唐宋八大家之一的曾巩，在福州任知州时，也为此写了一首诗《夜过利涉门》："红纱笼竹过斜桥，复观翚飞插斗杓。人在画船犹未睡，满堤明月一溪潮。"诗中利涉门，是南门；斜桥，指利涉桥，即今安泰桥。诗描绘了当时商贸发达的港口城市福州的对外贸易集散地朱紫坊河墘的绮丽风光。

据有关资料记载，过去福州城内的河特别多，以前来福州城里的人，多是走水路，乘船可以想到哪里，就到哪里。安泰河是福州城内唯一东西走向的内河，水陆交通便捷，曾经是福州城区的交通枢纽，西通西湖，东出闽江达东海，河水随潮起潮落，涨潮的时候，货物就通过船运到城里来。

父亲说 20 世纪 30 年代初，家在朱紫坊附近大王府（今津泰路江夏学院地域）。他是孩子，常到安泰河玩耍游泳。河里有许多螃蟹、鱼虾等，少不了戏水捉鱼，也常常站在安泰河边看潮起潮落。涨潮时安泰河的水开始逆流进来，许多装木柴片与水缸、粗碗等瓷器的船进城来；退潮的时候，安泰河的水又恢复向外流，城里的装垃圾什么的船就顺流到城外去。

唐末，王审知入闽，开始沿安泰桥的东北方向建造所谓的"梧州诸侯馆"，作为福州、建州、汀州、漳州、泉州官员驻扎之所。高官的入驻，带动了周边的经济发展和消费水准，一些酒肆歌楼也就逐渐应运而生。

清蒋垣《榕城景物考》里考证了当时朱紫坊街区繁华："（利涉桥）在唐天复初，为罗城南关，人烟绣错，舟楫云排，两岸酒市歌楼，箫管从柳阴榕叶中出。"现在，两岸酒市笙歌早不复存在，安泰河还静悠悠地在门前流着。

我家居住的朱紫坊 28 号（后改 24 号）大门口附近河岸边，有一株非常夺人眼目的老榕树，就是唐朝种植的。据记载这棵榕树已经有一千多年了，叫"龙墙榕"。苍髯古榕，裸露出地面的树根和原先树下面的那道土基，长成像一堵根墙，上部铁干虬枝，生机勃勃，伸展宛如蟠龙腾跃，经常有许多小鸟聚集上面，栖息数小时后散去。现在从龙墙榕东西望去，一棵棵高大的古榕树绵延在安泰河两岸，这些榕树据说都有几百年的历史了。宋代福州就曾三次植树绿化，当时的太守张伯玉不仅亲自在衙门前种植榕树，而且还下令老百姓广植榕树。朱紫坊河沿是全市古榕最密集的地方，现存榕树，据说就是当时留下来的。

"郑堂放火炮，除死（意指一生）无大灾"的故事就是发生在我当时居住的隔邻，龙墙榕后面呈凹字形挂着30号（原32号）门牌的房屋。

传说，大年三十，房屋主人郑堂与两个儿子正在自己家中庭院戏耍，忽然外面有人抬一部大棺材和两部小棺材进来。显而易见，有人想晦气郑堂一家。郑堂问道："是谁叫你们抬来的？"抬棺材的人回答："刚才有两个人到我店中购买，钱已付清，开有地址、姓名，叫我们抬到这里。那两人说是去买纸线、香烛等物，随后就到。"

郑堂笑着说："我一家都平安，没人死，是那两个付钱买棺材的人自己要用。反正他们已经付了钱，我就代他们收下，放火（鞭）炮送他们的魂魄上天吧。"说完，郑堂包了几个红包，对抬棺材的人说："你们抬错到这里，有错进没有错出，每人送一个红包。"于是，抬棺材的人领了红包回去，郑堂把三部棺材劈成小块，取油泼上，再往上撒些盐巴，点火燃烧，噼噼啪啪的非常热闹。郑堂旷达喝彩："新春斗柄回，进官连进财。郑家烧火爆，除死无大灾。"

郑堂才智过人，对贪官污吏、为富不仁者及悍妇、地痞疾恶如仇，常施计榨取贪官们的钱财，屡屡得手，却没人奈何得了他。郑堂被称为"福州的阿凡提"。

于是我对郑堂故居感到好奇，看看能不能寻找到郑堂的什么蛛丝马迹，沾点灵气。

我的表姐夫一家就住在里面。进入一进大

院，房屋已经被分割成了多个小房间，大厅内停放着自行车。房屋破旧，由于是公房，前后两进已经与后面三进隔断，无法通行。

说起郑堂，表姐夫一问三不知。我开头还以为他是郑家后代，实际他姓邓，福州话邓、郑同音。

这房屋不简单，竟然也是大名鼎鼎的林则徐岳家，可称它为林公岳父郑大谟故居。原有的门头房（房子的第一进），就是面向河沿的部分已经不存在了，才呈现如今的凹字形，就是少年林则徐避雨处。

噼啪的大雨突然从天而落，雨滴打在紧挨小巷的安泰河，青青的河水，从久远的以前，悠悠地流淌过来。我恍惚看见在我前面，穿着长衫的少年林则徐，怀抱着书，前往福州鳌峰书院。我跟着一闪一闪的少年，奔跑在这弯曲的石头小巷中。小巷河边，一条小船靠近岸边的蚺蛇榕树下，艄公招呼倜傥少年。少年林则徐摇头，双手抱拳谢了河中的艄公，跑向小巷一座高大屋檐下。

少年掏出怀中的书，摇头晃脑朗读。我清清楚楚听见"海到无边天作岸，山登绝顶我为峰"。我被这敢以天下为公的少年壮志迷住了。

小巷上空风声、雨声、桨声、读书声交织飘荡着，声声搅动朱紫坊的座座古朴房屋。

古朴房屋走出长衫大褂的绅士，他是福州城名人郑大谟，他中进士，做过知县。绅士出来，对雨中小巷入迷朗读的少年，满意地点头。

于是我蒙蒙眬眬中瞧见，从屋檐角的阁楼下，繁复花纹的窗棂中，飞出一粒大红绣球。飘飞的大红绣球越过我头顶，落入读书少年林则徐的怀中。天公做媒，大雨化作了红色彩带、红色花絮，喜气洋洋弥漫了古巷小河。

一个结着丁香般愁怨的姑娘，没撑伞，门外雨巷，轻轻走过。

朱紫坊住久了，才知道，小巷曾是远近闻名的海军巷、近代海军名人聚居地，是福州"船政文化"的一处亮点。

我居住的隔邻24号（后改22号），平日里，斑驳的暗红旧木门板紧闭着，上面钉名人萨镇冰、萨师俊故居牌。

萨镇冰幼年丧母，家境贫寒，童年投奔乳母，后寄养在族叔婶萨觉民夫妇家，直至入福建马尾船政后学堂学习。他是近代中国海军传奇式人物，是唯一一位从清朝走来，见证中华人民共和国成立的水师元老，曾任清总理南北洋海军兼广东水师提督、中华民国海军总长兼代国务总理、中华人民共和国人民政治协商会议第一届全国委员会委员、中央人民政府人民革命军事委员会委员……

朱紫坊萨氏故居是萨镇冰生前在福州居住时间最长的地方。萨镇冰踏上仕途后，每次回福州基本都住在这里。他每次入住均系应萨氏故居的主人、曾任海军总司令部参议官、他的堂侄萨福豫的邀请。

萨福豫原配夫人去世后，其第二任妻子叶朗辉，是萨镇冰介绍的。叶朗辉是清总理南北洋海军兼广东水师提督之职的叶祖珪的三女儿。萨镇冰与叶祖珪不仅是同乡、同僚和挚友，还是抵御外侮、保卫海疆，并肩战斗过的生死与共的亲密战友，情同手足。萨镇冰把一生献给了国家和人民，没有给子孙后代留下一丁半点的遗产，所以，人民政府将"萨镇冰故居"的匾额高挂于朱紫坊萨家府邸。

萨师俊是萨镇冰侄孙，历任民国海军部副官、参谋，后任"江贞""建安"两舰副舰长，随之又先后出任"公胜""顺德""威胜""楚泰"四舰舰长，曾指挥"顺德"舰从上海航行到福建，开创了我国海军史上内河炮舰航海的先例。1935年2月，他代理中山舰舰长，后正式成为该舰第十三任舰长。

1938年，萨师俊率中山舰在武昌金口附近江面执行任务，日机多次轰炸。中山舰孤军迎战，敌机炸弹雨点般从天倾落。

整座军舰笼罩在滚滚黑烟中，萨师俊仍镇守指挥台，坚毅沉静。一颗炸弹落在指挥台附近，萨师俊倒在血泊中，右腿被炸飞，左腿遭巨创，左臂亦受重伤，遍体血肉模糊。萨师俊强忍剧痛，像头矫健的雄狮，从血泊中猛地蹲坐起，靠在瞭望台残破的栏杆上，继续指挥作战。殷红的血，顺着他的面颊、顺着裤腿、顺着栏杆，一滴一滴地往下流。官兵们再三要将萨师俊扶上舢板，请其离舰。萨师俊断然怒目以对："诸人尽可离舰就医，惟我身任舰长，职责所在，应与舰共存亡，万难离此。"最后他与心爱的中山舰一起壮烈殉国，时年四十三。萨师俊是抗日战争中阵亡的职衔最高的海军军官。

1975 年 9 月 3 日，抗日战争胜利三十周年时，中国台湾地区为了纪念抗战牺牲的将领，特地发行中山舰舰长萨师俊名列其中的纪念邮票一套。

萨师俊兄萨同考、萨师俊弟萨本炘都投身海军。萨师俊的堂叔萨君豫，历任陆军部参战军官教导团教官、福建省水上警察厅厅长等职，为官清廉，志在报国。其义子后来也参加了"两航"起义。萨家一门，忠良和精英相继。

萨府大院，是福州城区保存较好的古建筑，据说始建于明代，整座五进，斗拱、屋架等木构件雕刻各种图案，大厅左右厢房门扇、隔扇、窗棂均系楠木精雕细刻。花厅前有假山鱼池、亭台楼阁。萨师俊结婚时的新房现保存完整，洞房家具也都在。

萨家的隔壁，是民国海军运输舰队司令张日章旧居。张日章是白鹤拳高手，1934年获福建省国术擂台赛冠军，后曾赴江西参加抗日救国军。抗战期间，张日章曾指挥少得可怜的船只，抢运了大量物资前往重庆，保证了大后方的战备，成为抗日英雄。1946年，他代表国民政府海军总司令陈绍宽，接受在九江的日本海军的投降。福州解放时，张日章没有随国民党前往台湾，继续留在福州。张日章旧居与朱紫坊其他大宅的建筑风格相似，现在是张日章的长子张敬德一家在此居住。

从我家门口，踩着朱紫坊河沿的小石板路走六分钟，就到又一"海军世家"——朱紫坊48号方伯谦故居。房屋门前有一照壁挡住安泰河。

方伯谦故居营建于宋代朱敏功兄弟宅址上。宋代通奉大夫朱敏功、儒林郎朱敏中、朝请大夫朱敏元、南安令朱敏修兄弟四人居此皆登仕门，朱紫盈门，朱紫坊因此得名。房屋旁边现在还有"朱紫达善境"的石牌坊。

方伯谦故居是双层古建筑房屋，宅为三进一花厅，坐北朝南。首进面阔五间，进深七柱，为穿斗式杠梁减柱木结构，双坡顶。在故居第二进大厅里悬挂着国防部原部长张爱萍上将手书"海军世家"横匾。

海军世家林立的福州城市中，唯有方家大宅里高挂"海军世家"的金字牌匾。在艰苦卓绝的抗战中，方伯谦之侄方莹率军镇守在长江三峡最狭窄的峡江段，一次又一次粉碎了日寇沿长江进犯重庆的梦想。日本宣布无条件投降，方莹奉命先后接受汉口、上海日本海军投降，接收日本赔偿的军舰，任海军第一舰队司令、上海海军基地司令。中华人民共和国成立后，其任中国人民海军第六舰队副司令员。目前方伯谦孙子方镛一家住在里面。

还有两位海军将领故居在方伯谦故居旁边的朱紫坊46号。

沈觐宸，中国近代造船、航运、海军建设

事业的奠基人之一沈葆桢嫡曾孙，船政前学堂第六届制造专业毕业，留学法国、瑞士，获飞机工程师学位；两任马尾海军制造学校、海军学校校长兼总教官，海军部轮机少将；中华人民共和国成立后，任省政协委员、省文史研究馆馆员；著有《海军大事记》《海军编年史》《船政编年史》等。

陈长钧，沈觐宸女婿，螺洲陈氏后人，毕业于福州海军飞潜学校蒸汽机制造专业，后留学英国；回国后任上海江南造船所少校工程师；抗日战争中在湖北宜昌中央航空委员会飞机修理厂任课长，专修美、苏飞机发动机；1945年抗战胜利后，任澎湖马公造船所所长（上校）兼总工。

方伯谦故居右侧不远的朱紫坊支巷花园弄28号（后改19号）芙蓉园，还住着一海军名宿陈兆锵。

陈兆锵，螺洲陈氏后人，十四岁考入船政学堂管轮班，毕业后任职北洋水师，升任主力铁甲舰"定远"号总管轮。光绪二十年中日甲午海战爆发，"定远"舰为北洋海军提督丁汝昌督署之旗舰。9月17日，陈兆锵作为该舰的机电动力保障部最高指挥，随舰在刘步蟾管带指挥下英勇奋战，先后重创敌旗舰"松岛"号在内的数艘日舰。敌舰逃离后，其又与"镇远"号一起掩护舰队安全退守旅顺。宣统二年，他为海军部舰政局局长，1915年担任江南造船所所长，后调福州船政局任局长兼福州海军学校校长，1918年创设马尾飞机工程处，组建了中国第一家飞机制造厂，是中国航空业的重要创始人。他在马尾主持局务时，重视海军教育，创办了中国第一所航天学校——马尾海军飞潜学校，培训众多优秀人才，主持制造出中国第一架水上飞机。1927年5月，他在马尾主持创办"海军制造研究社"，出版社刊《制造》，推动了海军制造技术的进步。1941年，福州沦陷，日军逼他出任福州维持会会长，遭拒绝。抗战胜利后，海军部特颁"凛烈可风"银盾，以嘉其志。

想当年朱紫坊，熙熙攘攘众多海魂衫，小巷飞扬着大海的飘带，是何等热闹，"海军"让朱紫坊无比的荣耀。

朱紫坊东巷口，每天都有一笼篦一笼篦刚出锅的清明粿，冒着热气。巷间萦绕着糯米香，莫非是纪念让被人遗忘的那段硝烟的海军岁月！

我家居住的朱紫坊 28 号，是四进三竖二花厅的大院。每进分前后厅和前后两天井，外加偏房、耳房。我们入住时，房屋破烂，第一进的木结构大厅是街道纸箱厂。

就这破烂房屋，我没入住前就听闻这里住过曾经任全国政协委员、民盟中央委员的大名人何公敢。居住久了，被街坊邻居说的福州民谣"天下无人敢，惟有何公敢"的惊人之举故事震撼。

何公敢，原名何崧龄，祖籍福清龙田，清道光年间，他的高祖父何碧轩迁居到福州朱紫坊。何公敢十四岁到日本留学，加入了孙中山先生领导的同盟会。宣统三年武昌起义成功后，何公敢急赴苏州，找担任苏州知府的伯父何刚德，劝他起事。何刚德没答应。何公敢急找堂兄商量后，偷偷地用两床白被套缝在一起，做大白旗，绑到竹竿上，挂到屋顶，然后大放鞭炮，口中大喊："苏州起义了！苏州起义了！"革命军拥入苏州知府衙门。何刚德只好宣布起义。

这真是胆大包天的少年。我想，他小时候应该没少爬门口那棵"名树"练胆。

苏州起义后，何崧龄又匆匆回福州参与组织"敢死队"，参加于山战斗。起义胜利后，福建成立革命军政府，何公敢被任命为"盐务使"，负责管理福建盐务。福建历来食盐走私严重，整顿好盐务，刚成立的军政府就会在财政上得到极大的支持。才二十三岁的何公敢决心整顿盐务，惩处贩私的盐商。何崧龄父亲做生意的朋友一大部分是盐商，何公敢赴日留学的时候，全靠他们帮助。盐商们到他家威胁，他的父亲很生气。何公敢说："我不能因私废公。"父亲把他赶出了家门。他干脆把原名何崧龄改名为何公敢，晚上就在办公室里睡觉。

1932年，何公敢出任省财政厅厅长。在日本他是学经济的，这"海归"权到手，就学习日本的革新，进行"开源节流"的财政改革。他把原来规定使厅长得到好处的包干"厅长经费"，先自己取消了；然后同时要取消福建省所有的"厅长经费"。这改革大众百姓欢呼，但是立刻引起厅长们强烈反对。这没有人敢干的事，何公敢却义无反顾大胆地干了。难怪当年福州民谣赞誉："天下无人敢，惟有何公敢。"

1933 年，福建十九路军、陈铭枢和李济深等民主人士发动"闽变"，在福建成立"中华共和国人民革命政府"。据有关资料说"闽变"的许多计划都是何公敢与民国海军总长萨镇冰在家商定的。我想，这是可能的。因为两家隔邻，两人都是"闽变"中坚人物。"中华共和国人民革命政府"成立，萨镇冰、何公敢被选为"人民革命政府"的十一位委员之一。

有时，白天，我从自己住的第三进，穿过石库门，来到第四进。这里有一座花厅、一角假山、一口小池塘，还有水井一口，井口和天井青石板长满湿漉漉的青苔。何公敢当年就住在这第四进。望着井内壁青苔蓊蔚，一片墨绿，我感到自己跨越了时空。

想到我住的轩敞高朗的厢房，曾经围聚着众多像他一样的热血青少年，热烈讨论，激扬江山，我经常好几个夜晚无法入眠。眼光穿过残破不全的木雕窗牖，望着白粉剥落的封火墙头上的飞檐翘脊，想象着当年何公敢和不知多少革命志士，在如今走过会发出叽叽喳喳声响的木地板上，来来往往，在仍然厚重完整的二进、三进大青石的石库门走进走出，我心血沸腾。

于是我在1988年暑期，在这房屋成立了福建绿茶花文学社新的理事会，其中有陈一新、陈贻同、李玉平等，聘请时任福建省作家协会副主席、著名诗人蔡其矫为顾问，不定期出版社刊《绿茶花》文学小报，1988年到1994年多次集中福州社员在朱紫坊、南后街等处民居，带着自己习作探讨学习，同时邀请福州市文联《榕树》编辑、《福州土地报》编辑参加点评作品。1989年6月福建省文化厅《文化之窗》刊物第三期发表文学社特写文章《绿茶花香》。《绿茶花》第 18、19、20 期发行近万，成员加盟约千人，遍布全国各地。莆田高寒（杨雪帆）率领南日岛海棠诗社全体成员加入。至今我还保存部分全国各地文学青年寄朱紫坊绿茶花文学社的信件和会员登记表。

在何家大院居住日子有此作为，我感到有点自豪。

1992 年对岸的津泰支巷开始拆迁改造，当时我还对那临河摇摇欲坠的美人靠将不复存在，有点遗憾。不过那些真实或传奇，终将随朱紫坊的安泰河水经久不息地流淌，在历史的浪潮里亘古不变地流传。

中山路寻踪

蔡永怀

"东西双古塔，南北一长街。"这是董必武先生于 1960 年来泉视察留下的诗句，泉州中山路以奇特的骑楼式建筑著称于世，入选中国十大历史文化名街。中山路宛如一幅《清明上河图》，这里的一砖一瓦都流淌着昔日辉煌的乐章，古城老街温厚古朴，那迷人的故事更会使你如痴如醉。

城墙是古人的防御工程，中山南路的德济门是一个没有围墙的遗址公园，长方形，四周是观赏走道，有一部分用钢化玻璃作为平台，站在上面可以窥视地下的建筑物，地面上陈列着三门古炮、一方刻着"全国重点文物保护单位"的石碑。由于历代城市建筑地面不断垫高，遗址低于地面三米，现存有城墙、瓮城墙、抱鼓石、屋檐石构件。城门、城墙上采用大量的旧石础作基础，显得特别坚固。城墙内有一条小沟，沟上有拱桥。遗址内的空地上长满绿色的小草，增添了一丝生机。

泉州城墙古时有仁风门、义成门、镇南门、朝天门、临漳门、通淮门、通津门七个城门，据清道光《晋江县志》载："泉州城墙始建于唐代，南宋绍定三年，郡守游九功筑泉州翼城，在泉州镇南门沿江为蔽成石城……元至正十二年，监郡偰玉立废罗城之镇南门，径就翼城拓建。"宋元时期泉州是东方大港，形成"市井十洲人，涨海声中万国商"的繁荣景象。明清朝廷开始禁海，古城随之衰弱。古城墙在 20 世纪 20 年代开始拆除，特别是抗战时期日本战机经常来泉轰炸，为了减少目标基本拆完。德济门尚存的一小部分城楼也在 1948 年毁于一场大火中，埋没在废墟中。

德济门上后来建有两层的楼房，成为泉州七中教师的宿舍楼。楼房前是 324 国道，为进出泉州的交通要道，非常繁忙，每天车水马龙。改革开放后城市大发展，公路外移。2001年泉州南片区古城改造，深埋地下的古炮被发现，古城基陆续露出，石构件、标有"修城砖官厂"字样的城砖被发掘出来。一个个惊喜的发现，在社会上引起了极大的轰动，政府组织几十位专家进驻工地，对遗址进行科学系统的挖掘。经过几个月的努力，德济门遗址才完全整理出来，重见天日，它成为泉州"海丝史迹"申报世遗的考察地点之一，遗址是见证泉州历史发展的重要文物。

与德济门一路之隔的是全国重点文物保护单位泉州天后宫，亦称"顺济宫"，始建于南宋庆元年间，坐北朝南，山门为五开间。塌寿走廊上的青石龙柱，大门两侧墙上的麒麟石垛，清水红砖中配的两个八角形螭虎窗，栩栩如生。屋顶瓷雕八龙二鳄，角脊作凤尾卷曲形。山门连接戏台，为木构藻井顶棚，制作精细，别具一格。大门两侧为两层钟鼓楼，第一层祀千里眼、顺风耳二神，第二层置钟鼓，被誉为"秦汉宫阙"，规制宏大，以示宫庙的尊严。

走进山门便是一大露庭，几棵古榕遮天蔽日，绿意盎然，庭中立着清嘉庆年间泉州知府徐汝澜修天后宫碑记，详细介绍了修建天后宫的事由，是研究妈祖文化的重要历史资料。

正殿主祀妈祖神像，为明清砖木结构建筑，须弥座饰有"八骏云火""鹤舞云中""鲤鱼化龙""文房四宝""仙家法器"等图案浮雕，全部由手工雕琢而成，雕工细腻，妙趣横生。屋顶为重檐四坡歇山顶，大殿梁构立于圆形石柱上，柱头配仰莲珠斗浮雕，出挑斗拱做九架梁承托屋顶，弯枋雀替门窗，托木斗拱雕饰凤凰戏牡丹，呈现出一派女性温柔之美。殿后墙上有一幅湄洲岛大型壁画，是清代作品。后殿为明代木构建筑，古香古色。后殿比正殿高出一米，面阔七间，木柱支于雕有仰莲瓣的花岗岩石础之上。殿前的一对印度教六角形青石雕花石柱，是了解印度教的珍贵文物。

泉州濒临大海，古时以海为生，海上航行风险大，人们往往要借助神灵的保护。从南宋末年开始，祭海、祭风仪式渐渐从九日山、真武庙移到天后宫举行，到清康熙年间钦定一年春、秋两祭。祭祀妈祖是海峡两岸的重要民俗活动，泉郡天后宫也是台湾天后宫的祖庭，现在每年从正月开始"乞龟"，农历三月廿三"妈祖神诞"、九月九日"妈祖升天"都要举行隆重的祭祀活动，氤氲的香火中永远夹带着一种挥之不去的乡愁。

从德济门往南走几十米便是李贽故居，故居面阔三米多，临街两层。第一层是通道，大门上的"李贽故居"四字为赵朴初书。走过通道是一个小庭院，有几十平方米，中间立着李贽的塑像，基座汉白玉石上刻"李贽（1527—1602），字宏甫，号卓吾，自号温陵居士，福建泉州人，明代杰出思想家、史学家、文学家。李贽七岁入塾，聪颖力学，志存高远，二十六岁中举。历任河南辉县教谕，南北两京国子监博士，礼部司务，南京刑部郎中，云南姚安知府等职。五十四岁辞官，长期于湖北黄安、麻城等地讲学著书。七十六岁遭朝廷迫害，在通州被捕，愤而自刎于狱中，以身殉志。著有《焚书》《藏书》《初潭集》《九正易因》等书，并批点小说、戏曲多种传世"。塑像凝神沉思，这位16世纪伟大的思想家不禁使人肃然起敬。

院子左边立着"瀛洲林李分派二世祖东湖公墓道""瀛洲林氏世茔"石碑，右边立着"李贽故居重修碑记"石碑，由福建省人民政府立的文物保护单位石碑。

主屋为三开间，宽六米，进深九米，厅口柱子上的楹联"联济南陇西为鼎族，蔚政事文学之名贤"格外醒目。厅里陈列着李贽的作品、印章、有关的史料和图片、各种媒体对李贽的报道，有一块聚宝街"黄帝宫"的黑色古碑也暂存在这里。

李贽提倡文学创作要从"童心"出发，敢于表达真性情，并评点《水浒传》《西厢记》等文学巨著，是中国小说、戏剧批点的开创者，并猛烈抨击封建礼教和假道学，被封建势力视为异端，而加以迫害。

涂山街头是中山南路和中山中路的分界点。

过了涂山街便是"泮宫"，亦称"庚门"，始建于北宋大观年间。现在的建筑是华侨李功藏先生于1914年重建的，为两层的楼阁式建筑，柱子上的楹联"海国闽疆东南重镇，典章文物邹鲁遗风"，把人们引进气势恢宏的文庙建筑群。文庙广场古榕参天，气根飘逸。大成门为三开间配两庑，柱子上残存的标语"一致抗战到底，争取最后胜利"，墨迹依稀可见，像是在向人们述说那段峥嵘岁月。中庭内置半月形泮池，上有梁穹式石拱桥，古榕、翘脊倒映水中，增加了整座建筑的立体感。大成主殿为七开间，主祀孔子神像，前有宽阔的露台，须弥座嵌上牡丹、芙蓉、山茶花、莲花、扶桑等青石浮雕，相映成趣。大成殿右边的"明伦堂"是古时学者读书、讲学、弘道的地方。清末废除科举，这里便挪作他用。1926年，北伐军东路军政治部在此设立兴泉永监察署，成为军事禁区。1927年中共泉州特别支部委员会在这里成立，中国共产党开始组织群众进行斗争。随着工业的兴起，晋江县总工会也在这里设立，是泉州地区第一个工会组织。

抗战全面爆发后，十九路军退居福建，这里是他们在泉州的驻地。1937年这里举办过"晋江县保长训练班""晋江县壮丁基干训练班"。1949年这里是泉州日报社的所在地。1958年明伦堂成为泉州市图书馆，"文革"期间图书馆停办，而改成"收租院"群雕展览馆，进行阶级斗争教育。文庙广场的"蔡清祠"是泉州市书法家协会、"泉州文库"所在地，"惠风堂"经常举办各种艺术展览，还有庄际昌状元祠等建筑。

中山中路的镇抚巷，巷中立着一块泉州市级文物保护单位的石碑，这里便是泉郡名臣黄宗汉的故居。故居前的一块陈旧石碑正面镌有"大司马"三字，背面刻着"诰授荣禄大夫道光乙未联捷进士，钦点翰林院庶吉士改官兵部武选司主事员外郎，郎中涤升工科掌印给事中，简任广东督粮，雷琼兵备道，历升山东、浙江按察使司，甘肃布政使司，云南、浙江巡抚。赏戴花翎，兵部尚书，四川、两广总督。钦差大臣，署理浙江四川提督，学政现署吏部右侍郎黄宗汉"。

黄宗汉（1803—1864），字寿臣，自幼聪颖好学，遍读历代诗文，十七岁中举人，翌年中进士，清咸丰年间受命为浙江巡抚。时值太平军、小刀会起义，漕粮一度受阻，他新辟运粮路线，保证了京城的粮食供应。咸丰帝褒奖宗汉"办事防务、海运及本境治匪、察吏，精详元瞻顾，深甚嘉尚"，并御赐"忠勤正直"匾牌。后其在京城期间与载垣、肃顺等八大臣过往甚密。清同治年间八大臣被慈禧诛杀，宗汉也因"迎合载垣，行为不端"被革职，同治三年在回乡的途中死于上海寓所。他所撰写的文稿被编入《黄尚书公全集》，原稿现存于厦门大学图书馆。黄宗汉也是晚清泉州府在朝中职位最高的官员。

故居由两座三进三开间带护龙的大厝组成。围墙内有棵百年桧树依然枝繁叶茂。第一进屋檐下有"探花"木匾，因黄宗汉儿子黄贻楫于清同治十三年殿试第三名。厅中门柱上有黄贻楫撰写的对联："修其孝悌忠信，以为黻黻文章"。厅中高悬"进士"横匾。第二进大厅门上的楹联"雄文豹蔚尊鸾阁，家业蝉嫣荫鲤庭"字迹清秀飘逸，系黄宗汉亲题。大门前石柱上的对联"清紫葵罗钟间气，蒙存浅达有遗书"，是仿清京城泉州会馆的门联。屋内的雕饰花窗大都已腐朽残破。庭院布局古朴典雅。黄氏家族也是晚清泉州府一大望族，府宅从东街元妙观到打锡街，形成一壮观的建筑群。

中山中路承天巷口，墙上现立一石碑上书"崇阳门楼遗址。崇阳门楼，俗称南鼓楼，唐泉州子城四门之一，清初重建改称丽正门。泉州市文物管理委员会立"。门楼现已不存，清同治年间庄俊元进士撰写的《重修丽正门碑记》，现存于泉州开元寺内。

玉犀巷口的基督教"泉南堂"，原为靖海侯施琅的私家花园，清同治年间英国长老会传教士杜嘉德来泉传教，向施氏后裔购地，创办教堂，1935年牧师高兰庭再扩建，形成高四层的骑楼式建筑。

　　位于中山路与东、西街十字路中间的钟楼是中山路的标志性建筑，高耸的四面钟每天都为市民计时警世，洁白的外形更像是一位妙龄的女子，含情脉脉地伫立于南来北往的人群中。钟楼还有段传奇的故事，据说1924年晋江县长张斯麟，欲逼护士黄小姐嫁给驻军旅长沈发藻，黄氏宁死不从，被迫自尽。这事引发社会公愤，市区在校学生举行大游行，当局为了缓和局态，答应建造一座钟楼以表谢罪。

　　钟楼以北旧称"洲顶"，是泉州唐、宋、元的衙门所在地，现在的威远楼是旧时谯楼向北移百米新建的。民国初年北伐军进驻泉州，威远楼作为晋江县国民党党部所在地，抗战期间是晋江县抗敌后援会所在地，1949年闽中游击队解放泉州时也入住于此，中华人民共和国成立初期成为泉州市文化馆。现在威远楼前每年都要举行"威远楼之夏"文艺表演活动，一到节庆日红灯高挂，体现出浓浓的欢庆气氛。

　　威远楼旁的医科大学附属第二医院，前身是基督教办的"惠世医院"，清光绪七年英国长老会医生颜大辟来泉传教时创办。惠世医院是泉州最早的一所医院，开创了西医在泉州的先河。1952年人民政府接管医院，并命名为"晋江专区第二医院"，1973年更名为"省属医科大学附属第二医院"，之后不断扩大规模，成为集医疗、科研、临床保健为一体的大型三甲医院，每天就诊群众络绎不绝。

中山公园始建于民国初年，为纪念孙中山先生而命名。民国年间园中置"黄花岗七十二烈士"纪念碑一座，为钢筋水泥尖塔结构。这里还发现过唐贞观的"唐初古墓"遗址。中华人民共和国成立后这里成为体育场，设立一条四百米的标准跑道，历次政治运动的群众大会也都是在这里举行。现在的中山公园建设更加完善，每天跑步的、健身的、跳舞的人群相聚在这里。"文革"时期的地下人防工程，现已改造成泉州书城，发挥它新的社会价值。

中山南路的侨光电影院曾名噪一时。改革开放前看电影是人们主要的娱乐方式，一到新影片放映，四面八方的年轻人便会到侨光电影院，先睹为快。电影院一票难求，便出现卖高价票的职业——有些人看准这个商机，大量购票然后加价出售，因此也经常出现打架斗殴事件，是治安案件的高发区。泉州影剧院、人民电影院、侨光电影院都是采用同一胶片放映，影院之间要有人传递，称之为"跑片"。"跑片"工骑着自行车，每当路过，人们便会自行让路。

泉州城外的农村以前有一个不成文的习俗，男女"对看"成功后，男子就要带女孩到"城内"逛逛，先到侨光电影院看一场电影，然后到"远芳"饭店吃几个煎包，喝一碗肉羹汤，再到百货商店买一块丝巾或手帕作为定情物。据说这样的恋情成功率很高，因而"看侨光，吃远芳"一时成为时尚。

徜徉泉州中山路，穿斗抬梁，红墙绿瓦，古井小院，就像是浪漫的华尔兹，挽住你那匆匆而行的脚步，使你流连忘返。

井底的月光

罗龙海

　　夜里十一点，从住宿处跑到这个居民区中央的大埂来，小塑料桶一路晃荡，头上是已经逐渐安静的夜空。这是一个城中村，土木结构民房低矮而拥挤，街巷狭窄，昏黄的路灯勉强可以照见坎坷的鹅卵石路面。子夜时分，早已经到了睡觉的时间了，而我们兄弟俩却不得不在这个时候前来打水。

　　大埂四周原本圆形的楼墙，砖块早被小镇的居民拆走建成土砖房，留下一段土楼的墙基，不时地勾起对战火纷飞的昔日的记忆。几百平方米宽的空地中央，有一口深井，俯身下望，一轮洁白的圆月坐镇井底，敢情是夜深人静时，老井独自在吐纳月光？十米长的塑料绳子放完，末端绳结突然一紧，咣啷一声，水桶碰撞到井底，撞破了月亮，结实的声音顺着绳子传了上来，沿着裸露的手臂清晰地送入耳中——水井里的水很浅！在这个夏末秋初的学期初，外乡人的我们来到这个有着四百多年历史的文化古城九峰镇读书，避开居民用水高峰而在深夜找水洗澡是我们兄弟俩共同的无奈的选择，然而，老井还是刻意捉弄了我们。

在自来水管像蛇一样爬遍水泥钢筋建筑墙根的时代到来之前，水井普及于房前屋后，有的单家独享，有的多家公用。群山环抱的小城内有很多口井。当年的筑城者王阳明——一个善于打胜仗的读书人肯定是出于军事防御的目的，才会在城里发动居民挖掘了许多水井，有的就趴在街道边，有的则藏在民房里。周末闲逛，到城内同学家里串门，随时都可能邂逅藏身民房的水井，它们就位于天井一侧，井边有时还伴有一株茶花或是桂花。花是否盛开我不在意，我只是很羡慕同学用水的方便——可见这个老城原来水源是多么的丰富充足。

　　我借住的民房前边也有一口浅井，井旁一株石榴常年开着火红的花，但是紧挨着有一方池塘，池水乌黑，附近居民的生活污水有进无出，让人不忍卒睹，因此那水井的水没有人敢用。再往前一段路，靠近旧城墙根处也有一口井，那是一片荒地和菜园子的接合部，没有灯光，夜间打水总不安全。

　　大埂中间的这口井总是很热闹的，尤其是清晨，经过一个夜晚的蓄积，水量充足，清澈的井水被挑回家里饮用。也许大埂居于小镇地域高处之故，井很深。壮汉打水时动作幅度大，他俯腰呈九十度角，每往上提一下水都使劲把手甩到身后、头顶，健壮的手左右续接着，打一桶水要甩五六下井绳。年轻媳妇的力度小，只能双手放在腹部前面一上一下地提起，要十几下，动作就没有壮汉那么猛，但是窈窕的腰身在起伏之间尽显柔韧。迟来的主妇终究要埋怨的，因为水终究不够，后来者只能打上漂着井底杂质的浑水。水浑而不浊，杂质很容易沉淀。没有人在这里洗衣服，在这里洗衣服会被老人呵斥："那水是要给人吃的！"因此，很多主妇要老早起来挑水，挑完水后再挎着一篮子衣服到一千米外的河边洗衣服。大埕边有一段上了年纪的鹅卵石路，每次经过时都像走进时光隧道回到从前。清晨的路面溅洒水渍，鹅卵石锃亮光滑，让上学的我和挑水的主妇不得不小心翼翼。

年深日久，井越来越深，水越来越浅，这就是水井给我留下的印象。

当初挖井人肯定想不到后代人口增长的速度，居然会与水位下降的速度成正比，在地面人口愈加密集、生活内容愈加丰富的时候，井下的世界却在遽然萎缩。五米、十米、十几米的井深，水深却只有二三十厘米，而且还在不断锐减。甚至有些井被恶意的石块填塞掉了。井沿成为井时代的一个悲情句号，圆的，或者方的。

如今，许多井在功能上被遗弃，仅在符号意义上被保留，像土楼内的井。土楼是固定要打上一眼井的，在这种自成体系的生活空间里面，水井或许还是建造者动工前的首选。水井所处的中央心脏位置，等距离于圆周住户，除了体现它方便大家的公开、公平、公正，最主要还是体现它的不可或缺。水井的年龄通常会由井边磨得光滑的石头告知，可惜的是，许多井沿被撬开，用于围砌菜园。有的井沿由于雕刻漂亮而被盗走，在无人知晓的角落里被人把玩。后人用水泥再糊造的井沿不伦不类，与土楼的整体风貌格格不入。

青苔是区别古井与现代井的重要标志。古井没有青苔。百年前或数百年前，村民结井而居，井是生命之源，主人总会精心选择一处干净的地方，制作一圈上口收缩的井沿以阻挡阳光的直接射入与外物的掉落，保持井水的阴凉和干净，井沿看上去精致而古典。在各地土楼见过不同的井沿，单孔的居多，也有双孔的甚至还有三孔的，这应该是从安全保护的角度考虑的。古人从实用角度出发制作的三孔井沿，在当代人眼里美感十足。

现代井则是敞开式的，很随意的，任由日

光与月光的洒落和外物的侵入。老家屋后就有一口这样的井，依山而掘，两米见方，井不深而水常满，村里百多号人口共用。那是最简单的井，严格说来就是水坑，承接着屋后山体渗透下来的泉水。水面与地面齐平，上山的牛群经过时可以直接俯身痛饮，鸭群经过也可畅泳一番，还有青蛙、蛇、鼠也时常光顾。夏季，井壁上长满青苔，几天没清理就长疯了，顺水漾开如成年女性没有拘束的长发。即使是这样的水井，在铁桶还很稀缺的年代，村妇的木桶沉闷的撞击声相继敲破了一个又一个贫瘠的夜晚和清晨，开启了一个又一个穷困而劳累的日子。在无人挑水的时候，井水溢出，沿着小山沟一直流到村外，汇入离这口井不到一千米的小河，哗哗流淌，一路欢歌。

只是小河如今也时常断流，让成年的我在短暂的回乡日子里无语凝望。

水都流到那哪里去了？在整个地表普遍缩水的年代里，水井又哪里能够保持自身充盈的状态呢？常年徜徉在古民居和土楼群里，我的镜头瞄准的土楼因为缺水而不再滋润，像大地上苦涩的昏花的老眼，失神地凝视苍茫。在岁月沧桑的过程中，土楼曾经给人留下高大而强悍的背影，但是现代人群已经离他而去，弃井而去。土楼原住民的族群已经分割开来，分散渗透进新的居住群体中，一步步离水井越来越远。自来水管道以无坚不摧的力量穿墙而入，深入他们的新生活，于是，古老的水井没人打理，逐渐失去往日清波荡漾的妩媚神采。

还是深夜，当土楼内的井底漂起一轮圆月，柔软的、日益稀少的井水如月光一般铺散开来。千年的月光，其实是飘在空中的水，从地下到天上。在地表缺水的区域，月光少了一份诗情画意，变得干冷，变得坚硬，像是我们身边到处竖立着的冰冷的玻璃。会有多少人关注到这样的变化呢？夜色中，周围坚硬的泥墙被虚化弱化，整座土楼好似一个更大更深的水井，荡漾着缥缈的时光之水，浸润着后来探寻者饥渴的灵魂。

长泰状元林震

林河山

明宣德五年，长泰士子林震状元及第，一时天下瞩目，桑梓增辉。作为漳州府（郡）史上唯一科举状元，林震，如同其非同凡响的名字一般，深入人心，成为长泰乃至漳州家喻户晓的传奇式人物。

林震（1388—1448），字敦声，又字起龙，长泰县人，为"闽林九牧"衍派、福唐刺史林葳后裔，祖父林汝祥、父林希大、母张氏，林震为长子。林震家族后裔部分传衍外县及台湾等地区。其家族敦睦，林震弱冠时，有幸得到其母舅张氏和族亲林公长通的抚养和资助，直至登科擢第。

林震家贫力学，矢志不移，自小亦学亦作。

每读书开卷时辄言："尼父韦编三绝，岂可少闲。"据林震在《林氏族谱》序言中的自述："自邑东关去公之所，可五里许，夜则读书于室，昼则樵于山，倦而息影林樾下，出携卷腰底，读之声朗朗出树间。长通见而异之，津津以家驹望予矣，午餐之食，靡不给焉，餐饵之遗，靡不周也。"

大凡高徒皆出自名师、严师，林震也不例外。林震乃永乐年间进士出身唐泰（学者称"东里先生"）的门生。说起林震拜谒唐泰门下，还有一段趣闻，故事还得从林震小时谈起。林震自幼天资聪颖，在乡间塾馆启蒙，一目十行，塾师才教读《三字经》，林震就把《千字文》《百家姓》背诵无遗，《幼学琼林》则无师自通，尤其好诵《声律启蒙》。尔后，林震又到县邑南门朱文公祠学馆读书。馆里，"四书五经"等诸子百家书籍齐备，林震眼界大开。不到两年，遇上县邑童子试，才八九岁的林震成了县里年纪最小的"蒙童"。

林震童试后，终日在县邑悠游。一日，他

路过大夫第，听到院子里清朗的读书声，不觉神往，便驻足倚在廊沿柱旁谛听，引来教书先生唐泰注意。

唐泰见林震生得眉清目秀、俊逸脱俗，有心试其才，便以联试为题。唐泰略一沉吟："舌软物，齿硬物，软物非是硬物玩。"此意为林震这童稚非唐老先生的对手。林震仰起头看见先生捋须微笑，即张口答曰："眉先生，须后生，先生不如后生长。"此意为唐老师虽尊贵能为，但必定有后起之秀超越他。这一酬续，语句铿锵，使东里先生大为震动，他意识到林震确是一未镌之玉璞，若听其湮没，未免可惜。由此，唐泰收林震入闱授教。

林震在唐泰门下苦读数年，喜辩章句，深究其义，探思其源，务求甚解，加之名师唐泰"随才诲诱，皆有成就"（清乾隆版《长泰县志》），故此学艺精进。明永乐十八年，林震与长泰县七个学友共八人（其中一人途中不幸亡于虎口）赴省参加乡试，皆中举，林震排全省第六名，列同乡七人之首。据传，林震中举后，本有机会入府为官，东里先生尝观其诗作《题紫极宫》，谓之有凌霄青云之志、百川万壑之襟，当更擢高第，若屈就俗吏，百里九十，岂不惜哉！事实也正如唐师所言，林震少时即志趣不凡，当年游学路过九龙山，见宋陈尧叟于此题诗"人生五马贵，山有九龙游"，林震也吟诗句"极品何荣贵，须先占状头"，抒发其大志。

林震乃从师勉，困踬十载，志未稍馁，思通百卷，胸罗万象。宣德五年林震进京会试，中第十五名。三月十五日早，林震与诸贡士到内府参加殿试。殿试考策论时，皇帝朱瞻基亲自出题，题目要求阐述为政之道，题中说："朕励精图理，诸生体用之学，讲明有素，其有可以行者，举要以对，务归中正，朕将亲览焉。"林震从容应对，卷中写道："臣闻致治之道，必以教养为先，而教养之道，当以得人为要。盖农桑所以养民，学校所以教民，是二者，衣食之本，风化之源，而君人者不可以此为先务也……"其诗作词采华丽、想象瑰奇，充满浪漫色彩相迥异，策论内蕴深厚、立论卓然、推理缜密，行文神融笔畅、文气沛然，似无时兴"台阁体"专事歌功颂德、粉饰太平之流弊，却有诸子散文思辨色彩和唐宋名家"文以载道"之遗风。文章承儒学"民本"思想，弘扬胡瑗（北宋著名学者、教育家）"明体达用""致天下治者在人才，成天下之才者在教化，教化之所本者在学校"的教育理念，并注重阐述了"得人为要"当"公行铨选之法""务尽考察之实"之要策。通篇尽陈古今之变，尽述治世之策，尽倾肺腑之言，契合当朝皇帝"取士不尚虚文，有若刘馈苏辙辈，直言抗论，朕当显庸之"（《明史》卷七十志八）的擢士标准。

难怪乎朱瞻基阅后大悦，以为辅政良才，御定林震为新科状元。此科取三甲计一百名，第一甲取三名赐进士及第，其中一甲第一名（状元）为林震，第二名（榜眼）为建安（今建瓯）龚锜，第三名（探花）为莆田林文；第二甲取三十五名进士出身；第三甲取六十二名赐同进士出身。福建省囊括榜首前三名，"闽中一科三鼎甲"一时传为佳话。

林震状元及第后，循例授翰林院修撰兼国史编修（按明例，殿试之后，状元授翰林院修撰，榜眼、探花授编修。其余进士经考试合格者，叫翰林院庶吉士，三年后考试合格者，分别授予翰林院编修、检讨等官，其余分发各部任主事等职，或委用知县。英宗以后，朝廷形成非进士不入翰林，非翰林不入内阁的局面）。他居京八载，担任文学侍臣，曾主持编修《明实录》。林震目睹宦海风云诡谲，遂萌生退意，于明正统二年"称疾告归"。

林震回乡后，闭门读书，以诗史自娱，持身谦恭礼让，待人接物从无疾言厉色，非因公事不至郡邑之庭。林震声名远播，居家之时，广藩（广东督抚）仰慕其学识人品，曾两次聘请他赴粤主持乡试，他不顾年老体迈，风尘仆仆奔波于闽山粤水之间。林震热心提掖后生，慧眼识人，选拔了不少优秀人才，受到了士林的尊崇。

明正统十三年六月十一日，林震在家逝世，享年六十一。文星陨落，八方扼腕，景泰二年状元柯潜（莆田人）在《挽状元林震诗》中叹曰："云拥魁星夜不光，南闽共道状元亡。尚怀纂述抽金匮，无复论思坐玉堂。夜雨松楸荒垅土遂，春风桃李蔼门墙。书香千载依然在，继述方来有姪郎。"林震同科探花林文为其拟写墓志铭，《明史》《福建通志》等史籍载有林震事迹。林震卒后葬于长泰县钦化里康林山。原冢黄土一丘，无立碑碣，坐落于茂林修竹之下、芳花野草之旁，很难让人把它与学界巨子产生联想，林震生前品性高洁、淡泊名利由此可窥一斑。后经积山村塘边宗亲自发修缮，状元墓乃成现状，间有慕名之士前来怀古敬仰。

林震文采斐然，写下不少诗文，惜多已散失。今有《儒学科贡题名记》《林氏族谱序》等文章以及《紫极宫》《春日偶成》《归省》《元宵》《题苏步坊》等三十多首诗歌传世。

长泰县仍存有林震读书、生活、墓葬等文物遗址。漳州（今芗城区）塔口庵及长泰县城南门，各有状元坊（今已废）。长泰县城状元巷有一口状元井。长泰县博物馆保存着朝廷颁旨赐封林震继室黄氏为安人的圣旨。

几百年来，闽南地域特别是长泰一带民间流传有关林震的传说车载充栋，且脍炙人口。现辑有《状元宝地日月贵厝》《鱼精投胎林震降生》《哑女开口喜结良缘》《双池菜瓜溪园莲籽》《上京赴考妙笔生辉》《殿试定元状元游街》《户部赐名县巷古井》《京城策划闽江风波》《文求上任格顶评点》《夜盗宝珠蜈蚣追寻》《帮工遇害振华受屈》《案发密访舅父昭雪》《查勘书院火焚石笋》《暗查细访挖渠破舟》《文求作案林震明断》《"鱼古呆"合身两命归天》等篇目。这些故事，有的富有神话色彩，绘声绘色，令人浮想联翩；有的构思精巧，入情入理，令人难辨玉瑕。有关林震的民间故事数量之多、流行之广，在漳州历代士子官宦中恐鲜有其匹，足见群众对状元敬重乃至推崇备至。

林震殿试夺魁，无疑是漳州府科举史上的一大盛事，它犹如强劲春风催发东南边陲漳州的文明之花。自唐宋以降，闽南地区逐渐开化。特别是朱熹知漳，把"笃意学校，力倡儒学"作为改变漳郡"俗未知礼"的方略，其本人身体力行，定期赴各地视事讲学，漳属诸邑兴学重教之风渐盛。明朝重视教化，推行科举，把它视为招贤纳士的重要途径，即采取"进士为一途，举贡为一途，吏员为一途，所谓三途并用也"（《明史·选举三》）的选人用人制度。林震便是在这样的政治文化背景下，立志求学进仕的。

林震大魁天下，极大地提振了闽南学子的文化自信。有明一代，漳州府尤其是长泰，出现学子竞相砥砺、踵步前贤的文化现象。据史料记载，漳州府先后有文科进士七百三十名，而仅明宣德五年至崇祯十六年就涌现进士三百多名。其中有嘉靖年间探花及第、官任礼部尚书的漳浦学子林士章，更有被徐霞客誉为"字画为馆阁第一，文章为国朝第一，人品为海内第一，学问直接周孔，为今古第一"的学界巨擘、明朝栋梁的黄道周。长泰虽蕞尔小县，林震状元及第如春风化雨，催生代代文苗，史上有进士七十六人，明代就有三十六人，并曾出现"一状元三解元""一榜三进士""一榜七举人"等传史佳话，可谓群星璀璨、俊彦纷呈。文风相袭，文脉相承。欣逢国运昌盛，当代成千上万莘莘学子，相期脱颖，科甲蝉联，每每有状元后学荣登北大、清华等高等学府金榜，大有当年长泰士子"屡擢高第、冠盖京华"之恢宏气象。

白驹过隙，光阴如梭。如今，林震故里长泰正深挖细掘"状元因子"，修缮一批状元遗迹景观，弘扬"状元文化"，筹建"中华汉文苑""龙人古琴""天柱山棋院"等富含中国文化传统因素的文化创意园，"文化长泰"日见其功，雏形粗具。巍巍牌坊，悠悠古寨，静静地诉说着曾经的辉煌。在这闽南千年古县的闾巷乡间，处处散发着悠远的历史气息，并与现代文明形融神合、交相辉映。

文昌东耸，龙津西注。叹物换星移，春秋几度，山川如故；喜状元故里，才人代出，先贤足慰。

池塘里的童年

杨跃平

　　盛夏，火球般的太阳炙烤着大地，天空中云朵躲得不见踪影。滚滚热浪烘烤着脸庞，被晒蔫的庄稼，耷拉着脑袋，顶着烈日。

　　江面上男女老少在水里扑腾，五颜六色的救生圈、救生衣犹如绽放的礼花撒落在水面上。穿着救生衣的小孩，小鸭子似的在水面上叽叽喳喳，追逐嬉戏。眼前的情景，勾起我对童年的记忆。

　　我打小在美丽的九龙江畔长大。家乡甘蔗成林、果树成荫，一年四季瓜果飘香、美丽富饶，富有南方小镇的情调。距家不远的地方有个池塘叫"下路沟窟"，面积不大，水面清澈，鱼虾成群。池塘周边是甘蔗、香蕉、龙眼、荔枝、橄榄……阵风吹拂，树叶哗哗作响，甘蔗随风摇曳，沉甸甸的香蕉挂满枝头。果农会把未成熟的香蕉套上塑料袋，既可防止烈日曝晒，又能预防病虫入侵。余晖撒满金光，微风荡起层层涟漪，筑起长长的金条，若隐若现，风景甚美。

仲夏酷热难忍，池塘在四五十年前，无疑是孩子们的乐园。学校三令五申，禁止学生私自下水游泳，我们仍是抵不住诱惑。我兄妹九个，父母为了养家糊口，日出而作，日落而息，根本顾不上照看。上学也好，游泳也好，早回家也好，晚回家也好，对他们来说并不重要，重要的是一日三餐是否有饭吃。唯有放心不下的是奶奶。那时奶奶身体硬朗，走起路来风风火火，但满头银丝和刻满皱纹的脸上，掩饰不住她走过的沧桑岁月。

当家家户户亮起灯时，不见孙子回来，奶奶便火急火燎地跑到池塘边呼喊，每当听到奶奶那长长的、熟悉的、急切的呼喊，我便像做贼似的奔跑回家。

　　游泳时，不论大人小孩都一样，赤条条裸身下水。也许大人不甘心在小孩面前走光，便哄骗孩子学游泳要过三道关：一是脱裤绕池塘跑三圈，跑得越快，就学得越快，游得越远；二是抓蜻蜓咬肚脐，这样可以避邪保平安；三是先喝三口水，日后不怕水。

　　脱裤跑三圈，对孩子们来说是件简单的事，半遮半掩、羞羞涩涩，一口气就跑完了。可咬肚脐的蜻蜓不是普通的蜻蜓，而是要"皇蜻蜓"。这种蜻蜓体型大，是普通蜻蜓的两倍，呈浅蓝色，飞得高且速度快，只有引诱它才能抓到。先抓一只普通的蜻蜓叫"大玻璃"，这种蜻蜓常常停留在池塘边的菜园里、草丛上、田野里，人要屏住呼吸，蹑手蹑脚靠近它，冷不防抓住它的尾巴才能逮着。然后，用一米长的细绒线，一头绑住"大玻璃"作为引诱物，一头连接竹竿，在池塘边挥舞"画圈"，口里念念有词"悠忽……悠忽……"。皇蜻蜓听到"悠"声慢慢被引诱过来，追着引诱物不放。此时人就要放慢速度，一等皇蜻蜓突然扑过来咬住引诱物，就眼疾手快扑住皇蜻蜓。抓皇蜻蜓也要碰运气，有时很快就会抓到，有时折腾了半天却毫无收获。

闯过三道关，"热心"的大人就教你游泳。先是把小孩扔进水里让你呛几口水，再轻轻托起下巴，在浅水区里转一圈，然后交给香蕉秆。因为农民摘下香蕉后，把蕉秆砍倒放在园地里。几天后，香蕉秆外层干枯或腐烂，剥掉外层后内心又白又嫩，可以浮在水面，是初学游泳者最好的救生工具。

游泳是我们最开心的事。跳水比赛很刺激。几个伙伴光着屁股，拿着香蕉叶做成的旗子，高喊"冲啊"，从两米多高的岸上"扑通"扎入水中，鱼儿一样溜出十多米远。我们玩得最兴奋的时候，总招来大人们的斥责，因为溅起的水花常常喷洒在大人的脸上。当大人们"变脸"了，恐吓要抓来按头呛水时，我们才收敛，或停止嬉闹，或悻悻离开。

有时，大人们往往为了看热闹，哄着小孩进行潜水比赛。这个游戏有风险，只能在浅水区翻腾。由一个大人当裁判，随着一声令下，一群小孩应声潜入水中。潜水前深深吸入一口气，两手心相贴，手臂伸直，紧闭双眼，潜入水中，在水底狗爬式移动，十几秒钟后轻轻吐气，直到吸入的氧气吐完，两脚猛蹬水底，头往上倏地冒出水面。潜水是我的强项，在几个伙伴中，我是常胜将军，每每听到掌声、吆喝声，我心里总是甜丝丝的，犹如斗赢的公鸡，神气十足。

玩累了，就抱着香蕉杆，荡悠悠地划向池塘中央，此时，是一天中最悠闲、最快乐、最惬意的时光。微风拂过脸上，带来丝丝凉意，阵阵沁入心扉。水面波光粼粼，在夕阳照射下，形成无数长长的、一串串的金子般的小浪花。任凭小浪花轻轻抚摸着我的脸庞，放飞心中的梦想，憧憬美好的未来。

"伊啊……伊啊……"忽然，一群大雁掠过长空，把我从梦中唤醒。仰望天空，大雁队形多变，或一字形，或人字形，或弧形，可谓天高任鸟飞。云朵变幻莫测，时而行云似水，时而云团如棉，有似万马奔腾，又如绵羊涌动……青山、白云、大雁，还有那不甘寂寞的林间小鸟，构成了一幅绝好的水墨丹青。用唐朝诗人白居易所写的"风翻白浪花千片，雁点青天字一行"的千古名句来表达恰到好处。

石缝里摸鱼虾最有情趣。池塘岸边大多是乱石干砌而成，石头在水里时间一长，表面长满毛茸茸的青苔，又黑又滑。石块之间的缝隙，是小鱼的藏身之处，也是小虾的天堂。高温炎热的天气，这些小精灵就躲到阴凉处的石缝里"乘凉"，小孩的手正好可以伸进石缝。小鱼警惕性很高，触摸到它时，一不小心就被溜走。要五指并拢按住鱼头，掌心拱起按住鱼身，小鱼挣扎时紧压不动，待它耗尽力气后，再慢慢掏出来扔进木桶里。摸虾要特别小心，有的腿是毛茸茸的又黑又长，还带有锋利的钳脚，要是被夹住小指头，虽是表皮之苦，却是钻心的疼。有的小虾，呈浅蓝色，脚细如针，喜爱成群结队在石洞嬉闹，运气好的话一下子就能抓到一大把。

"吃虾啰……吃虾啰……"每当伙伴抓到小虾，大家争先恐后爬上岸围拢过来。先把小虾放在左手掌心，双手五指并拢拱成半圆，右手击拍左手，发出"扑……扑……"的响声，称之为"爆虾"，然后去掉头尾、虾壳和虾须，塞进嘴里咀嚼，美美尝鲜。

那是夏伏的最后一天，我回到了阔别已久的池塘，寻找童年的脚印，回忆曾经的梦想。然而，星移斗转，时过境迁，眼前的景象令人触目惊心：水葫芦、水荷莲在池塘里疯长，枯枝烂叶在池塘里漂浮，岸边，杂草丛生、淤泥堆积、污水横流、臭气熏天……昔日清风阵阵飘香、池塘清可见底、小鱼游弋水面、群虾追逐嬉戏的风景，已不可见。

此时，我久久凝视池塘，思绪万千，心在流血，心在呼唤，不知记忆中童年的池塘何时才能回来。

水　袖

朱向青

偌大一座寺庙，大门紧闭。直至20世纪七八十年代被租用为芗剧班场地，才热闹起来。姐姐去的时候才刚小学毕业。听母亲说，是怕姐姐被送去上山下乡，刚好省艺校下来招生，于是就通过层层关卡的严格面试到了芗剧班。

芗剧又称"歌仔戏"，是用闽南语演唱的汉族戏曲剧种。其起源于福建漳州，成型于台湾宜兰，流行于东南亚一带。姐姐最常练的是水袖功。"水袖"是缀在戏服袖口处的一段白绸，两三尺，舞起来行云流水，人物情感顿时被放大、延长。排戏时，剧中的小生、小旦及小丑，投、掷、抛、拂、荡、抖、回、捧、提，靠着这些招式的相互搭衬，表现出人世间的喜怒哀乐。

　　有的用水袖轻轻地虚拭表示拭泪，有的用一只手扯起另一只水袖遮着脸意为害羞。有的躬身时用一只手横着扯起另外一只水袖表示恭敬行礼，也有两人对练把水袖轻轻地扬起来互相搭在一起表示握手相拥……水袖功如果没练好，到了舞台上水袖就会像两条不听使唤的布条，收不回，出不去。这可不是那么容易学的。

　　姐姐很勤奋，周末回家，也常带着水袖回来练唱。我那时还小，看了眼馋，总在姐姐身旁蹭来蹭去，姐姐就抓我来配戏。我原本就是姐姐的跟班，即刻上场，她扮白蛇，我扮小青。姐姐的唱腔婉转清丽，我听得入迷，自己的却只记得一句，水漫金山后，"我"义正词严爱恨交织痛斥许仙："你却为何站在法海一边！"当时小心眼里真把姐姐当成了白素贞，对不在场的负心郎许仙满腔义愤，连唱带比，全无章法地把个水袖甩来甩去，骂得十分带劲。

　　周日傍晚，爸爸常常借辆三轮车，捎上姐姐和我，一路吱呀回寺。有时我等不得姐姐一周才回来一次，便吵着妈妈给姐姐炒面茶让我送去，那时我家就住江边，一桥之隔，妈妈便也默许。到了剧团，只见入门处，隔出一间教师办公室，一间跌打治疗室。外面就是长长走廊，廊边墙上的橱窗里站着十八罗汉、二郎神、哼哈二将等，有的慈眉善目，有的青面獠牙，手拿棍棒刀叉，做出各样吓人样。那时还小，每次都低了头快快跑过，不敢多看。见了姐姐我偷偷问，那么多菩萨盯着，怕不怕？姐姐一边把面茶分送一些县里来的同学，一边笑答，白天不怕，晚上害怕。上厕所要经过那道长走廊，所以，一般不多喝水，早早睡下，一觉天光。

那时姐姐她们就餐的是大食堂。每至用餐时间，大伙儿拎上白色搪瓷缸、铁汤勺，呼朋引伴，叮叮当当，相约用饭去。正是长身体的少男少女，练功本就耗力气，又没有现今孩子们多得数不过来的零食，每日这几顿就成了大伙儿的念想，散着热气的白乎乎的饭团，一荤一素、红绿相间的菜肴，连同浓浓的汤汁，从小窗口胖乎乎、笑眯眯的阿姨那儿递出来，还额外搭配一小碟烧制过的酱油，一浇，一拌，就成了众人口中无上的美味。姐姐说，因为她们属省级单位，特殊照顾，每人每月的定量比一般百姓多出一点。每至周末，有时中餐米饭会改成肉包馒头，通常是一人四个肉包。姐姐惦着带回给爸妈弟妹尝尝，就怀揣着，一个也不吃。一路肉包香气直钻心里，姐姐忍着，觉得这路怎么这么长，怎么走也走不到，心里油然生出一个愿望：以后工作了，有了钱，一定要买上一大笾肉包，给自己，给家人，吃个够！还有香喷喷的花生、酥饼，那是大伙儿放假时回各自县区带回的美食，一人分发一点，也成了姐姐一路上的念想。

夏天到了，情势突然紧张起来，高音喇叭不断播出要地震的消息，人心惶惶。恰逢周末，老师不在，班长召开紧急会议，商量出逃大计，大伙儿纷纷出主意。有一个说，市区马肚底广场那里宽敞、安全，可以到那里暂避。主意打定，各自回去收拾东西。其实这群小儿女哪有什么贵重细软，不过都是一些团里发的东西：一套被褥，带不了；几件衣服，用一个当时流行的带网的尼龙袋子，胡乱塞了；还剩下一件家当——搪瓷脸盆，倒没忘记，班长一再交代，地震来了，拿它当头盔。都带齐了，临行集合，面面相觑，每人清一色手拎头顶，想想，那场面有多滑稽。大伙儿也顾不上笑了，像一群逃难大军，急急出了寺门躲避。事后姐姐回忆，当晚他们就在广场上露宿，有细心的还带了一块塑料布出来，往草地上一铺，顿时成了天然的床褥，左顾右盼，俨然贵族，令众人十足羡慕。姐姐说，生死关头，大伙儿反倒不怕了，有说笑的，有拿刚才狼狈样子打趣的，也有几个凑一起，不知什么心思，沉默不语。看夜幕沉沉，大伙儿竟惦念起寺里，有一个说，天明无事，我们就回去吧。齐齐赞成。就这样过了一晚，天亮了还是手拎头顶一路步行，撤回南山寺。入门，一眼看到天王殿的弥勒菩萨，慈眉善目，大肚憨笑，像在迎你。就连左右两侧站着的四大天王，有的怀抱碧玉琵琶，有的手持青光宝剑，平时看着浓眉怒眼，一脸凶相，现在竟也让人心定，感觉可亲。班长突然大悟：还有什么地方比庙里更安全？

到了冬季，姐姐他们因为赶上宣传地方戏曲的好时机，属省重点培养戏苗子，大家不但行头统一，从绿红腈纶衣到平底白球鞋，清一色崭新鲜亮练功服，还每人额外发了一件长大衣，颜色是当时常见的军绿，但多了个稀罕的咖啡色毛领子，摸着柔柔绵绵，像抱只小兔子。这让姐姐他们着实兴奋不已。他们还是孩子身形，穿着未免长了点，可又忍不住想炫一炫，便常常于傍晚饭后时分，一大群人呼三吆四，大衣毛领，打扮齐整，浩浩荡荡出寺，洋洋得意踩街去。沿街几乎家家摆摊设点，卖些香火烛台、香皂毛巾等日用百货。每天坐镇店中，家长里短，早已见怪不怪，见一群绿蚂蚁蠕蠕而出，眼睛鼻子大半裹在毛茸茸里，又见底下几乎垂地，都谑心大起，探身或挤在店前围观，有的还故意把手掌拍得作响："南山寺那批戏娃子，又扫大街来了！"几次三番，众人只觉颜面扫地，悻悻回去。毛领也灰溜溜地收了它骄傲的亮闪的光，随主人"暗淡"收场。有一两个会缝缝补补的大婶拉住他们，少年家，离家出门也不容易，我帮你们改一改吧。姐姐她们却又不乐意，反正个子还会长的，这么安慰自己。大衣不常穿了，却依然是大家的宝贝，珍藏着。到毕业时带回，绿色的布子，咖啡色的毛领，还是颜色分明，毛领摸起来还是一样柔软可爱，样式却略显旧了一点，南方也始终暖和，姐姐就渐渐不穿它了，渐渐地忘了。偶尔提起这事，妈妈恍然想起："早给了你叔家的阿红。"

晨钟悠悠中，这群如花少女忽然沉静起来，一向嘻嘻哈哈、疯疯癫癫的也懂得了矜持，人前低言少语。男的呢，正相反，陡然多了些阳刚之气，只是，依旧毛毛躁躁、粗心大意。偶尔，一对少男少女遇于庭院两侧碧绿碧绿的鱼塘，心有好感，却知道避些嫌疑，两人隔老远有一搭没一搭说话。一个看着鱼塘里游来游去的小鱼，一条，两条，三四条，假装数数，偷偷瞟往一边去。一个忙着查点鱼塘里香客们买来放生的乌龟，一只大的，一只小的，大的背上还驮只更小的小乌龟，真有趣！眼睛却在打量着水里的人影子。看那块木板，大乌龟玩累了，一家子会到上面去休息。是呀。另一个人口里应着，心里翻来滚去，终没蹦出自己想说的那句，懊悔不已。有那已经暗里表白的，约了月亮之下、长廊之上悄悄一聚。怀揣着一颗怦怦跳的心回到寝室，却坐也不是，站也不是，脸一会儿红一会儿白，话也吞吞吐吐起来：让人亲了，会不会有小孩？几个本地同学领命速向妈妈或姐姐打探，回来神神秘秘耳语：放心吧，不会有的！这才心定下来，天空依旧多彩。

桥边新开了家书店。店主是个勤快的小青年。每次周末，我去寺里找姐姐，回家时两人必定折进去七翻八翻，舍不得买却又喜欢。一天，小青年期期艾艾开了口："要不，你们借回看，别弄脏。""记得早点还，再换。"他红了脸，眼睛不敢看姐姐，好像比我们还不好意思，"我认识你，喜欢你的戏"。我回头瞧同样低着头捋着两条长辫子的姐姐，秋天的蓝空下，姐姐穿件小圆点花衫，真好看！

就这样，沉寂的古庙暗生波澜。一群少年男女鲜灵活泼，如鱼儿般扑剌剌搅动了深潭。而凡尘俗念经年累月，也渐渐淡在寺内的清幽宁静里，悄然化去。

就这样度过这段长达五年朝夕相伴的学艺生涯，现已定居香城的姐姐至今念念不忘，每年回乡相聚也就成了她最快乐的时光。每次，她必定要舞一舞水袖，我也跟着手舞足蹈一番。几件大庙里的男女青春波荡的往事被揭秘了。毕业后，戏娃儿们正式组为漳州实验芗剧团，恰逢姐姐和姐夫刚谈上对象，每有演出，姐夫必去剧团捧场，结束后照例要"英雄"送美，却每每发现车子不见了，好容易找着，那车胎不是瘪了就是破了，只得推着走，十分狼狈！如今，这件无头公案终于有了着落，酒宴上，几位堂堂的局长、主任，一个个觍着脸儿，不打自招："是我把自行车偷偷拉去旮旯藏起来的。""放气的是我！""扎钉子我也有份，哈哈！"原来当初大家一听姐姐要外嫁香港，均愤愤不平，以为那是十里洋场、花花世界，岂能眼睁睁看着剧团姐妹跳入染缸！众兄弟本着无比朴素的阶级情感，千方百计阻挠，使出各种花招，当真是不择"手段"！还供出一桩陈年旧案：某一天，剧团上演折子戏《雪梅教子》，姐姐饰演雪梅，幕启，娉娉婷婷出场，甩个飘袖，做悲戚状，开口要唱"可叹儿夫丧镇江，每日织机度日光。但愿我儿龙虎榜，留下美名万古扬"，突然一片寂静，后台三弦、苏笛、月琴等大小乐器通通没了声音，片刻，才吱吱呀呀，重又响起，姐姐呆立那里，一惊一急，眼泪啪嗒就掉，顺势唱出"哭调"，观众以为她太入戏，还哗啦啦掌声四起。事后挨了批，姐姐很委屈，也一直不明就里，以为自己走神，在剧团里几次真诚检讨了对待革命群众的态度问题。时隔二十多年，元凶终于"良心"发现，投案"自首"：原来是后台领奏的老班，指使大伙儿群体作案，故意慢了半拍，为的是替团里一暗恋我姐而未果的兄弟"复仇"！哈哈！真相大白！酒宴上，大家你捶我打，笑成一团！

　　姐姐在多部传统戏目《三进士》《三家福》《五女拜寿》《安安寻母》等及现代戏《龙江颂》里担任角色，尤其苦旦（芗剧中的青衣），更为她所长。后来，姐姐因为诸多因素，怅然离开了剧团，或许曲曲折折本就是人生一出完整的戏？姐姐终是对戏里的一切难以忘怀，离家前，她把她心爱的水袖留给了她最亲的妹妹我，嘱托我好好收藏。

　　柜子里，依然是碧白的一小团，叠得整整齐齐的，隐约透出几缕清芳。

山乡旧忆

蔡宏华

崎岖山路、泥泞土路、平坦公路、宽阔马路……

草鞋、布鞋、皮鞋、旅游鞋……

皱着眉，那张曾经咂过山泉的嘴吐掉一口过滤后的自来水，不好喝，真的！茶都无法显出原味啦！窗外高楼上的水塔，冷冷地洒着白光。面前的防盗网，一个花白的脑袋，向外张望！此时心底似乎有鸟儿啁啾，清泉叮咚。那旧日记忆倏然而起。

杨梅红了的季节

背篓挽起，因了一树树绛红的杨梅，杨梅不显摆。在这茂密的原始森林里，前后左右的树前辈似乎捋须沉吟，杨梅只是那个低眉顺眼的小村媳，脸红了，又透黑了，又如山间的婆婆婶婶，很少有人知道她们的真实姓名，只是称呼"××婆"、"××婶"。你不知杨梅具体是啥品种，只能从它的个大个小，红深红浅，随便给个"海梅""珠梅"之类的名字。倘若她上了你的背篓，那肯定是甜的更多了，质量绝对上乘。

大人们或许为了不伤及杨梅，有些选择轻悄悄地爬上杨梅树，将真正原汁原味不破相的杨梅放置在背篓里，赶明儿圩日卖个三五块线，贴补家用。

半大不小的山团仔儿，则三五成群，一人飞速而上，伫立枝头，双脚猛踩，口中称快，顿时梅果满地，树下有人哇哇直叫，呵！发、脸、脖、胸，都被梅汁扮靓了，谁还去顾及妈妈的洗衣怨言呢？更有甚者，抓起衣襟来接，任肚脐迎风，小小的衣襟捧起了大大的欢乐，酸掉大牙，笑掉大牙，林间欢喜如水儿沸腾。

捉迷藏的月夜

山乡有埕。石埕，是就地取材的石材砌成的。也有从山脚下几十块几十块挑上来的砖头砌成的砖埕。无论是石埕还是砖埕，都是捉迷藏的好处所。

月夜，月华如水，小至五六岁大至十七八，谁都有资格加入这游戏，东家的老屋，西家的牛圈，南家的菜地，北家的果园，埕边的角角落落，泛起愉悦的浪花。捉者趴在墙面，数完规定的数后，便一撒腿儿奋力向前、向后、向左、向右，充分启动心智，归结出能躲的窟窟道道。偶尔踩上一堆牛粪，即刻喊声"哎呀"而已。跳上蹿下，仔细搜索，"你，出来！""哈！又找到了！"一个个藏者被揪了出来，乐煞人了！

月儿躲进山坳，母亲的呼唤、母亲的责骂，揪回了一颗颗跃动的心。月光不寒！

举家同庆的节日

米粿蒸好了，卤肉备好了，榕树枝插上门

框，神佑人，人敬神，山乡的人讲情。大叔家
杀猪了，猪头骨汤熬了一大锅，大婶把猪头肉
抠下，放进锅里，别急！见者有份，还能啃上
一圈圈血肠，味道好极了！石巷里鞭炮声起，
蓦然回首，其实门上红红的对联早已贴上。山
乡每一次热闹都要有对联助兴，村里的"一支
笔"常常戴着花镜，恭敬地挥墨，不敢有丝毫
的随意，措辞必然稳妥。

上香了，奶奶会拉着孙子孙女的小手，于
供品桌前，虔诚地祈祷，寄望后人学业有成，
成为飞出山乡的金凤凰……

今天，的确飞出来了，有福！站在霓虹灯
下，扑来一股桂花香，是老家的那棵么？

南溪湾

王亚根

　　这是一块十分广袤而秀美的土地，有人说这是九龙江入海口龙海境内的"金三角"，也有人说这是厦门湾南岸的后花园。当你抬头远望，白云蓝天、晴空万里；举目远眺，湖光潋滟、绿海汪洋；倘若又有一挂鲜红的太阳，或是一轮澄莹皎洁的明月，那么"山翠万重当亭出，水光千里抱城来"的美好风光就会呈现在你的眼前——这就是南溪湾。

一、记忆中的南溪湾

　　提起"南溪湾"，或许是本乡本土的缘故，或许是南溪湾本来就是一个极具魅力的宝地，我总觉得这个名字非常亲切，又极富诗情画意。

2013年4月16日下午，笔者参加福建省炎黄文化研究会、省作家协会采风。此时的南溪湾江边，柳绿、叶翠、花红，偶尔，一缕缕白云从空中漫过，轻飘飘、软绵绵，微风吹过，惬意无穷。南溪湾两岸春色正浓，从西向东奔腾而来的南溪水到了九龙江口就浪平涛息了。这便是江平水宽、两岸吐翠的"南溪湾金三角"。

龙海与厦门同处一个海湾，与厦门市区、漳州市区形成半小时经济圈，是闽南地区重要的出海口。南溪湾在厦漳泉一带民众心目中，是九龙江入海口龙海境内的"金三角"，她由东园、浮宫、白水三个乡镇近百平方千米土地所组成，人口近三十万。境内土地肥沃、瓜果飘香。这里聚天地之灵气、盖自然之毓秀，沃野平畴，满眼香绿，极富大自然神奇造化所特有的美感与神韵。

南溪发源于漳浦、平和两县交界处的石屏山和三平山。据说，流水是从西向东呼啸而来的，之后折东经龙海的东泗、白水、浮宫、东园四个乡镇，当富有灵性的溪流从西向东奔腾而下时，灵动的南溪水与贯穿龙海腹地的九龙江交汇，形成了两道波光粼粼的亮丽风景线，一道是奔腾入海的九龙江，一道是极富江南水上美景风采的南溪湾。

当地民间传说，龙由水的源头自西向东奔腾入海，于是龙游过的两岸注定是土地肥沃、山清水秀、人杰地灵。难怪南溪湾东南侧的浮宫镇素有"三水之乡"的美名。

浮宫镇以盛产水果、水产、水稻而驰名，"浮宫杨梅"是龙海十大农副产品之一，土笋冻也是龙海十大风味小吃之一。更具诱惑的是浮宫云盖寺，它位于五百六十三米高的云盖山上，背山面海，始建于宋朝。此外浮宫溪头村万安楼、田头村泉井、南川郑氏古大院等景观也令人感慨万千。浮宫还拥有明清古军营洪炉寨等十大景观，省级生态保护区千亩红树林，以及与厦门、金门并称"三门"的海门岛。海门岛以镇守九龙江出海口而著称，历史上担当过海上贸易和远征商船的驿站，也是海洋文化的传播者。三点八平方千米的岛上，沙滩、怪石、渔樵、耕作、读书等景象让人如痴如醉。

位于南溪湾西北侧与浮宫镇仅一溪相望的东园镇的历史底蕴也十分深厚。东园镇西与海澄古月港接壤，北临九龙江下游入海口。南港、中港、北港与南溪汇流于此。因此诞生了历史上仅次于海澄古月港的繁华码头——"亭仔码头"。当笔者问及亭仔码头原住民七十八岁的陈老先生关于"亭仔码头"的故事时，老先生不禁感慨万千。在他祖祖辈辈的记忆里，几百年前这是令人引以为豪的繁华码头。但昔日的繁华已被历史的脚步所淹没，留下的只是美好的记忆和传说。所幸的是，像民间传说一样，好的地理是十二年一小变，六十年一大变，上千年的沧海桑田，如今又紫气东来，亭仔码头边侧不到一千米处已建成沈海大动脉之漳州中银开发区高速出口，2001年7月省级重点工业园区也在此落户并已具规模。这里已成为龙海市政府"依港兴市、兴工富民"发展策略的重要组成部分，更是龙海中心城区、南太武滨海新城、隆教湾旅游休闲度假区的核心地带。亭仔码头的繁荣与相距不到五千米、昔日誉满东南亚的明清古民居埭美村的繁华是息息相关的。几百年前开漳圣王陈元光的后裔聚居于鸡笼山、大帽山、峨山环抱之中的东园埭美村。经陈姓族人几代人的勤耕不辍，发达后的陈姓族人渐渐建成了闻名遐迩的明清建筑群——"埭美古民居群"。两百多座整齐划一的明清建筑，已随着时间的推移被称为"闽南水上第一村"。或许龙海海洋经济与明清时期的古建筑文化的形成在这里可以找到些许痕迹。

"金三角"另一个重要地带即白水镇。白水位居浮宫、东园两个下三角之上。南溪从白水镇北侧流经两个下三角，两岸富庶繁华，人杰地灵。据考证白水镇西南面的玳瑁山发脉于漳浦龟山，经小帽山而至，东行十里为文山，北面为浮宫的溪头山，继续往东为石埠山、东山、沈山、虎岭、太武山，山脉连绵不断，地域广阔，山峰雄奇峻秀，古刹遍布。而玳瑁山八岩（金仙岩、悟道岩、龙云岩、天湖岩、石佛岩、天庵岩、安福岩、庄顶岩）之首的金仙岩，自古以来文人墨客、僧侣修士都流连于此，造就了金仙八景：渡云桥、迎客松、蓬莱仙阁、滴水成泉、品茶亭、岩潭月影、千年铁树、龙泉石刻。明大学士、书法家张瑞图的"金水潭"手笔，名儒王命岳的"如是"墨宝，明进士何楷的《求雨文》等都留下旷古绝迹。当你登上玳瑁山主峰极目远眺：两岸潮平，绿海汪洋，渔帆点点，涛声时重时缓，云彩时近时远，大地间或高楼林立，或别墅成群，又逢春风吹绿叶，杨柳曳朝阳，此时你会疑在梦幻中。当你猛然回首，两百九十多千米的海岸线，厦门湾龙海境内星罗棋布的泊位码头、漳诏高速、厦漳跨海大桥、中银招商码头、南溪湾开发区等依稀可见，这时你已陶醉其中。

鸟瞰南溪湾，这里有近百处文物古迹属于龙海市级以上保护的级别，山水文化十分发达；十年前厦门大学著名学者曾断言，一个山水文化底蕴深厚、人文历史久远的宝地，必定能孕育出新兴城市。此时，南溪湾——九龙江南岸的"金三角"具备建成新兴滨海城市的条件，想必你、我、他已确信无疑。

二、厦门湾南岸的后花园

南溪湾的美是一种自然的美、深邃的美、灵动的美。当你有幸踏上这块土地，你一定会对大自然的神来之笔感慨万千。因为这是一片神奇的土地，她怡人情怀，令人驻足，催人奋进。

厦门的朋友说，厦门不单是福建的厦门，现在她在世人的眼中，是中国的一颗东方明珠，也是一座国人的花园。可以想象未来南溪湾也并不单是龙海人的南溪湾，从某种角度看，她更像厦门的后花园。

南溪湾人曾做过统计，在厦门常住人口及流动人口中龙海人大约有二十万，而在这二十万人中南溪湾人不下五万人，这些人大多数从事农副产品的运输和销售，因为南溪湾有大量的土特产，农副产品是这块土地特有的强项。著名的东园镇现代农业示范区就在九龙江出海口的南岸，两万多人形成"公司＋农户"模式，经营着近两万亩良田，集科研、试验、示范、推广、培训为一体，建立了以生产低农残蔬菜、优质水果为主的闽台农业合作和农业科技推广平台。东园农业示范区已被中国科协授予全国农村科普工作示范基地，万亩土地整理、耕地开发被列为国土资源部项目。

除此以外，南溪湾的浮宫、白水近四万亩耕地、两万多亩水产养殖产出大量优质稻米、瓜果、蔬菜和各种水产品，几百户人家从事食品加工产业、水产品加工产业和水果蔬菜加工产业，为厦门生产、生活提供了强有力的后援。

俗话说："傍水者智，依山者仁。"丰富的山海田资源给世世代代的南溪湾人注入了坦荡之风、浩然正气，也使南溪湾人在"志水乐山"中更具睿智。据不完全统计，南溪湾人在台湾的后裔有二十万人之多。随着改革开放的不断深入，以及各级政府加大南溪湾城市群和新兴经济带基础设施的建设，南溪湾已完成厦漳同城化立体交通网的建设框架。目前，厦漳跨海大桥、港尾铁路、招银疏港高速、招银港区码头泊位群等等基础设施已在龙海境内全面开工。竣工后，厦门岛内到南溪湾只有不到十分钟路程，届时，一个立体、快速、便捷的南溪湾交通网将成为闽东南的重要交通枢纽。可以说，南溪湾的土地矿产资源，劳动力资源、杰出的人才资源、人文景观资源，以及现代化立体交通网络，将是建成厦门湾南岸中心城市的前提和条件，你能说，南溪湾不是未来厦门湾南岸的后花园吗？

三、憧憬中的新城不遥远

那是一个阳光明媚的初夏，笔者再次踏入南溪湾。这是一个新的历史里程碑，也许这里从此将诞生一个新兴的美丽城市。南溪湾创业园的崛起，既是龙海市新一轮跨越发展的缩影，更是南溪湾人城乡一体化梦想的实现。南溪湾的开发建设又一次证明了南溪湾人的睿智。

童年时，我曾有幸遇见过两次海市蜃楼，或许是因为我家位于九龙江北岸的特殊地理位置的缘故。两次海市蜃楼的闪现都发生在夕阳即将落山的傍晚，时逢盛夏雨过天晴的瞬间，在大气层的光影作用下江边的水气与西边的云团、彩霞巧妙地融为一体，天象的巧合奇观就这样出现了。记忆中的海市蜃楼呈现出了一个非常美丽的城市。如今，童年记忆中的美丽城市并非只是幻想和幻景，南溪湾的建设今非昔比，南溪湾人梦寐以求的一座全新城市并不遥远！

品味番薯

苏衍宗

在我的生活中，没有哪种食物能像番薯那样令我记忆如此深刻。那是一种味蕾被叫醒，肚子被填实，日子被铺平的记忆。一种关于吃的文化，在逐渐淡出人们视线之际，我却要用毕生来恋念。若一定要我说出番薯的好，不用翻检字书典籍，脑际便自然而然跃出两个字：温婉。

冬日迟迟，晌午时分，太阳才析出些许暖意，邻家阿婆倚着墙根晒身子，得便在裤腰间翻翻捡捡——那里皱褶多，养分多嘛！很快，便有跳蚤、臭虫被她抓住，用指甲掐死，用牙嗑死，她的血经由害虫的身子流了出来，依然殷红。狗儿趴在地上，眯着眼睛，很宁静地看着，眼前的景象似乎与它毫无干系。也不关我事，我的心思在厨房。劳作了一上午，早已饿得肚皮贴着后背，便直奔主题，掀开锅盖，装了满满一海碗番薯，提张椅子，在门口吃开了。慢火炖出的番薯，裹着一层糖衣，在阳光下锃亮着。挑开厚厚的皮，红色的瓤裸露着，很是夸张地诱惑着，含在嘴里，滑进肚里，丝丝的甜意溜进心里。这过冬的番薯，和阳光一样温暖。

若到春夏之交，储备的粮食用尽，新谷尚未登场，大人看着围在身边嗷嗷待哺的孩子，束手无策，还是番薯出来救场。那当儿，早作打算的农人在开春种下的番薯，藤蔓已然爬满畦面，薯块躲在土里，似乎不忍心看着人间的愁苦。但我是知道的，它们铆足劲在生在长。我经常跟着父亲，用一担粪水，换回田间挖出来的半担番薯。这时的番薯，珍贵得很，只能分着吃；但大多刷成纤条，加在米里煮，即成现时流行的"地瓜粥"。有时米缸空了，就用番薯，加上茄子、苋菜等煮成一大锅，放点盐巴，加点猪油，咸咸香香，甜甜爽爽，全家人的一餐就解决了。后来人们所说的"瓜菜代"，可能就是这样来的吧。

还记得青黄不接时，放牛上山，便提着竹篮到山坡地里拾荒。那地种过番薯，农人起获时未免有落下的，经几场春雨催笋，叶芽纷纷破土而出。顺着挖下去，若是细小的，也不嫌弃；若是个头大的，心会怦怦跳，有如捡到了一个大元宝。一趟下来，竹篮沉甸甸的，弟弟妹妹饥饿的肚子也有了垫底的东西。

这使我忽然想到，隐在土里的番薯，无声无息，不事张扬；一旦人们需要了，就抛头露面，奉献给辘辘的饥肠。这一份儒雅和肚量，是师法自然，还是源自人类？番薯不关心这类问题，也不关心哥伦布和西班牙女王结什么缘，更不关心是广东人陈益还是福建人陈振龙引进的，千百年来，番薯只属于普罗大众。

番薯为块状物，或方或圆，或长或短，或纤细或丰腴，但大抵呈现不规则状。我一直以为，地里的番薯，没有两块是一样的。小时候跟大人下田，看陈列在田地里的番薯，像极了造型别致的动物，又仿若戏台上的各色人物，把玩良久，心里涌动着莫名的兴奋和满满的愉悦感。

长在农田的番薯皮质较粗糙，颜容湿润而慈祥；种在园地的番薯皮质较密实，光光鲜鲜招人爱怜；若是生长在沙地里的，皮质则鲜嫩得很，似乎吹弹即破。要是将它们开挖后顺着畦面排列成行，在光的照射下，在翻卷如浪的绿色藤蔓映衬下，凹凸有致，色系谐调，横竖依序，观感往往紧随着阵阵美感。

番薯种类繁多，有红心的，有紫色的，有白色的，有粉红色的，煮熟后异彩纷呈，有粉润的，有清香的，有甜蜜的，口感不尽相同，相同的却是那一份赏心悦目、可口可乐。

刚出土的番薯水灵灵的，怎么看怎么养眼，让人恨不得咬一口。

还真的咬了，而且不是一口，是两口、三口……那时候，田间劳作很耗热量，若是肚子饿了，瞅准了长势良好的番薯地——自家的最好，别人家的也顾不上了，挖出几块番薯，在水沟里洗刷干净，用牙齿啃去皮，一口一口咬着，生津、止渴、解馋，还有那份生脆清爽甜滋滋的口感，比现时吃红富士苹果还来劲；而且，因着不用花钱的小小愉悦和怕被当小偷抓住的紧张情绪，整个过程就有了节奏感。

番薯富含淀粉，生吃毕竟不易消化。儿时结伴上山放牛，大伙儿意见高度统一：烘烤番薯。分工也明确下来：胆子大、腿长的负责盗挖番薯，女孩子和小一点的男孩子负责捡拾柴火、垒土窑。等番薯到手了，窑子也烧得红彤彤的，揭开顶上的几块土疙瘩，把番薯放进去，封住窑口，推倒窑身，然后覆盖一层细土。不一会儿，一大堆番薯就熟透了，大伙儿均分着吃，脸上写满惬意。是呀，这样烘烤出来的番薯，带着泥土的芬芳和柴草的馨香，还夹杂着一份山野的韵致，是现时大街小巷看到的烤番薯所不可比拟的，能不陶然其中？

番薯不言，然而取悦于人的妙招迭出，自是其温婉的性情使然。晒制成番薯纤、番薯干，洗涤沉淀后成淀粉，水煮成酒桌上的一道菜，熬制成妇孺尤为喜爱的拔丝番薯，油炸成薯条，嫩叶精制成菜肴，枯藤败叶则成了牛儿越冬的粮草……百变之身赢来百般宠爱，是以番薯能够长盛不衰。

纤插即活，见缝即生，给水便长，施肥则欣欣然，一垄一垄的番薯藤，以绿意装点了原野，又用翩然的花朵，惹得骚人墨客技痒难耐——"一样花开小锦葵，侬家藤本较人肥。剪藤邻女未曾到，但见花间蝴蝶飞。"（吴增《番薯杂咏》）而见过水培番薯的，便要来惊诧于其旺盛的生命力和不可小觑的艺术感染力。

工余觅趣，选一块番薯，置于透明器皿中，加入适量的水。未几，薯块没入水中的部分渐渐伸出根须，细细的，白白的。耀眼的灯光，憨憨的番薯以为是阳光，便渐滋渐长——先是上端冒出鹅黄的芽孢，嫩绿的叶子也悄悄舒展着，一并舒展的还有藤蔓，办公桌的一端于是生动起来。

据此，尘世的人以为有了诗词、艺术的附

丽，番薯便上了档次，身价百倍了，其实，那只是一厢情愿罢了。番薯默默无语，不言是因为大爱。后来，番薯在餐桌上的位置愈加重要了，但番薯也并没有恃宠而骄，一样在土里生土里长。

日子一天一天在过，那些有番薯陪伴的日子，大抵被人们淡忘；而我，是不能忘怀的，甚至于要来想方设法延续这样的日子。我以为番薯与世上那么多人的生活有了千丝万缕的关系，肯定有其充分的理由。基于此，我的番薯情结，笃定会陪伴终生的。

我甚至要在余生的日子里，静静地观赏番薯——那是原野上我所熟悉的年轻女子，身披霞光，或行或卧，或端坐或站立，或直视或回眸，都那么风姿绰约、温婉动人！

情味最浓冬节圆

林长华

　　岁月如流水，又一个冬至来临。在漳州，与其说冬至是一个节气，不如说冬至是一个充满乡土味、海峡情的冬节。漳州人过冬节犹如小过年，故有民谚"冬节大如年"。出外的人，到冬至这天要争取回家敬拜祖先。

　　无论是先辈还是今人，经过春的播种、夏的耕耘、秋的收获，每到冬至，漳州人都要通过一系列祭祀活动，把自己的劳动成果奉献给天地神明和列祖列宗，表示对他们所赐予之物的回敬，祈祷来年的庇佑，于是就有了象征一年圆满成功的"冬节圆"，即用磨米浆做出的汤圆。笔者小时候，家乡未有电磨，一个上百户的村子只有几副石磨。每到冬节前一两天，乡亲们便拿出从生产队分到的大米，浸洗之后，排队等待，轮到自己便围着石磨紧张地推转起来。邻居庭院里，平时被搁置一隅的青石磨盘从早到晚不知疲倦地哼唱个没完，像留声机一样。

那时，我常协助母亲去推那像牛一样深沉、厚重的石磨。随着磨盘的顺时针转动，母亲不时用勺舀着带水的大米，准确地放入磨眼里。从上下磨片吻合处的纹隙里研磨而成的浆汁，像乳液一样纯白、清香，顺着石磨边沿缓缓流淌出来，汇集在凹槽里，再从凹槽的出口向下流进桶里。那浆汁仿佛是庄稼人的辛勤汗水，那慢条斯理的声调犹如农家人的丰收小唱。

石磨盘是农家人逢年过节形影不离的朋友，没有它，冬节便少了几分欢乐，少了几分气氛。

说到石磨盘，不能不提到家乡东山岛的"寡妇村"。20 世纪 80 年代，有一年冬节前夕，我到"寡妇村"采访，吴大娘庭院中一副青石磨像磁石般吸引了我。当时，村中已经有了电磨，但吴大娘依旧要用这个石磨手工磨米做汤圆。

老旧的石磨犹如一盘磁带，记录着老人的辛酸。年轻时，吴大娘从广东逃难至此，与这里的谢老王结为夫妻，恩恩爱爱过日子。婚后那年冬节，丈夫教会她用磨米浆搓冬节圆。孰料1950年5月东山岛解放前夕，她丈夫、儿子与村中一百四十七名青壮年被蒋军抓丁赴台。从此，她孑然一身推磨，磨过了寒冬酷暑，磨尽了红颜，磨碎了芳心。一俟冬节，为寄托对彼岸夫君的思念，老人就在饭桌的空位摆上一碗冬节圆，椅子上放着丈夫与她拜堂时穿过的衣服，象征性地团圆过节。耀眼的冬节圆仿佛老人的"精神团圆"，给她一点慰藉。在两岸冰封的岁月，海峡西岸的亲人，每年过冬节总忘不了在门环上粘上两个耀眼的冬节圆。白白的冬节圆象征着纯洁的亲情，红红的糖汁象征着吉祥的蕴意，圆圆的外形象征着家庭的团圆，甜甜的滋味象征着生活的甜蜜，连那很黏很黏的糯米，也象征着亲人的骨肉相连。凡亲人未能在冬至这天回家团聚，家人就要给其晒留米浆，期冀将来共搓冬节圆补岁庆团圆。

　　每年冬节前夜，漳州人习惯围坐厅堂搓冬节圆。簸箕中的冬节圆有大有小，亦红亦白，老辈人说这是父子公孙圆，是全家大大小小团团圆圆的象征。冬节一大早，家庭主妇就用红糖、姜母熬煮冬节圆，然后盛入碗中祭拜列祖列宗。大人小孩起床后早餐先吃冬节圆，算是添了一岁。就连婴儿也象征性地给他们舔舔甜汤圆、尝尝圆仔汤，似乎人间甜味如何便由此可知。户外寒风凛冽，霜冻刺骨。温馨的室内，一碗碗滚圆雪白的冬节圆升腾着热气，全家人围聚餐桌品尝汤圆，舒心品味传统节俗带来的浓郁的喜庆氛围。记得我八岁那年冬至，晨起见餐桌上摆放一碗热乎乎、滑溜溜的冬节圆，不禁萌生"偶尔得之喜若狂"的兴奋，吃个精光。祖母知道了，轻轻捆了我一记耳光，嗔怪说："这是给你那新加坡姑母留的。"原来，祖母年轻时到新加坡打工谋生，后来由于战乱与十二岁的女儿失联。祖母归国定居后，苦找女儿成为她下半生的心病。了解祖母的身世后，我终于明白了这碗比珍珠还可贵的冬节圆所蕴含的浓浓情意，它不仅使我的童年充满了甜蜜，缠绵着思念，即便是如今，也不时出现在我一往情深的睡梦中。

多情多味的冬节演绎着一幕幕富有浓郁乡土气息的传统节俗。"吃过冬节圆添一岁"，至今仍成为漳州人常说的一句口头禅。家乡人在吃了冬节圆后，习惯在家宅的门、窗以及桌、橱、梯、床等家具上粘附两粒冬节圆，甚至渔家的船首、耕牛的牛角、农家的猪圈、果农种植的果树也不例外。

说起冬节圆粘门环这一庄重节俗，有一个催人泪下的传说。从前，有个贫困的三口之家以要饭为生。一年冬节，做母亲的饥寒交加死去，女儿无奈卖身葬母。临别时她与老爸约定：不管漂泊到哪里打工，每年冬节都在东家的大门门环上粘附两粒冬节圆，便于老爸寻找。翌年冬节，在财主家当丫鬟的女儿思父心切，心生一计对东家说："冬节敬祖宗，也要敬门神，这样才会迎来财神。"财主向来迷信，觉得有理，就叫她将两粒糯米团粘在门环上。寒来暑往几春秋，父女俩借助冬节圆终于团聚。后来，他们有了自己的家，每到冬节，不忘那段辛酸的往事，总要在门环上粘上冬节圆。

一来二去，乡亲邻居也竞相效仿，以寄托对出远门亲人的怀念，盼望他们早日归家，这便给冬节增添了富有浓郁人情味的节俗内容。此外，这一节俗还有个感人肺腑的版本，说的是从前有户贫穷人家，母子相依为命过日子。有一年冬至，儿子拜别老母漂泊到海外谋生，离别之际，慈母手里正端着一碗糯米粉，滚热的泪水落入碗中和成粒粒米圆。后因游子久别未归，老母每到冬至这个牵肠挂肚的离别日，总要手捧一碗糯米粉搓起冬节圆，倚门盼儿归，每隔一年就在门上粘个冬节圆，直到几年后，母子团聚，才取下焙烤让儿子"补岁寿"、庆团圆。传说的真伪没有人想要去验证，因为家乡人对充溢着亲情的故事总是宁可信其有的。

在买大米、食糖都得凭票定量供应的贫穷年代，脸呈菜色的我们每见汤圆如见珍珠般珍视。偶有房亲办喜事，分送一碗甜汤圆到我家，长辈们总会推来让去，让我们小字辈享受这难得一见的吉祥物。当时有个房亲办婚事不久就是冬节，新娘子挡不住香味扑鼻的冬节圆诱惑，暗自下厨偷尝，正巧被婆婆撞见。她又害羞又慌张，欲吞不得，想吐又不好意思，竟噎得断了气，酿成不该发生的悲剧。

往事飘忽而去，今天当我走在街市村巷，不时可闻袅袅飘溢的红糖汤圆味，汤圆不但有水煮的、油炸的，而且有包馅的、冷冻的。形形色色做工考究、馅料可口的汤圆成为家乡人的早点夜宵。在家乡的小吃摊，我常听到食客在说："不到冬节也吃冬节圆！"

动手做一碗冬节圆必经多道工序，委实不易。看到冬节圆，我总会想到象征圆满的圆圆句号。一个人，要给人生的历程或者创业的过程划上完美和圆满的句号，其中不知要经过多少个坎坎坷坷的标点符号。它如此来之不易，只教人不断为之努力，为之打拼。

图书在版编目(CIP)数据

守望岁月/"惠风·文学汇"丛书编委会编. 一福州：海峡文艺出版社,2024.8
(惠风·文学汇)
ISBN 978-7-5550-3792-7

Ⅰ.I267

中国国家版本馆 CIP 数据核字第 2024K895R7 号

守望岁月

"惠风·文学汇"丛书编委会　编

出 版 人　林　滨
责任编辑　朱墨山
出版发行　海峡文艺出版社
经　　销　福建新华发行(集团)有限责任公司
社　　址　福州市东水路 76 号 14 层
发 行 部　0591－87536797
印　　刷　上海盛通时代印刷有限公司
厂　　址　上海市金山工业区广业路 568 号
开　　本　889 毫米×1194 毫米　1/32
字　　数　120 千字
印　　张　8.375
版　　次　2024 年 8 月第 1 版
印　　次　2024 年 8 月第 1 次印刷
书　　号　ISBN 978-7-5550-3792-7
定　　价　58.00 元

如发现印装质量问题,请寄承印厂调换